Maigret e o mendigo

LIVROS DO AUTOR PUBLICADOS PELA **L&PM** EDITORES:

Todos os contos de Maigret – vol. 1
Todos os contos de Maigret – vol. 2

Coleção **L&PM** POCKET:

Romances com o inspetor Maigret:

A barcaça da morte
A fúria de Maigret
A louca de Maigret (inédito)
A noite da encruzilhada
A primeira investigação de Maigret
A velha senhora
As férias de Maigret
As testemunhas rebeldes
Maigret e a morte do jogador (inédito)
Maigret e o corpo sem cabeça (inédito)
Maigret e o fantasma (inédito)
Maigret e o homem do banco
Maigret e o ladrão preguiçoso (inédito)
Maigret e o matador (inédito)
Maigret e o mendigo (inédito)
Maigret e o negociante de vinhos (inédito)
Maigret e o sumiço do sr. Charles (inédito)
Maigret e os crimes do cais (inédito)
Maigret e os homens de bem
Maigret e seu morto
Maigret em Nova York
Maigret se diverte (inédito)
Memórias de Maigret (inédito)
Morte na alta sociedade
O amigo de infância de Maigret (inédito)
O assassino sem rosto
O cão amarelo
O caso Saint-Fiacre
O enforcado
O medo de Maigret
O mistério das joias roubadas
O porto das brumas
O revólver de Maigret (inédito)
Os escrúpulos de Maigret (inédito)
Um engano de Maigret
Uma sombra na janela

Outros romances:

A fuga do sr. Monde (inédito)
Ainda restam aveleiras
Sinal vermelho (inédito)

Georges Simenon

Maigret e o mendigo

Tradução de Myriam Campello

www.lpm.com.br

L&PM POCKET

Coleção **L&PM** POCKET, vol. 801

Texto atualizado conforme a nova ortografia.
Título original: *Maigret et le clochard*

Primeira edição na Coleção **L&PM** POCKET: agosto de 2009
Esta reimpressão: março de 2010

Tradução: Myriam Campello
Capa: Ivan Pinheiro Machado. *Foto*: Rue des Archives
Preparação: Jó Saldanha
Revisão: Elisângela Rosa dos Santos

CIP-Brasil. Catalogação-na-Fonte
Sindicato Nacional dos Editores de Livros, RJ.

S599m

Simenon, Georges, 1903-1989
Maigret e o mendigo / Georges Simenon; tradução de Myriam Campello. – Porto Alegre, RS : L&PM, 2010.
160p. – (Coleção L&PM POCKET, v. 801)

Tradução de: *Maigret et le clochard*
ISBN 978-85-254-1920-0

1. Romance francês. I. Campello, Myriam. II. Título. III. Série.

09-3216. CDD: 843
CDU: 821.133.1-3

Rua Comendador Coruja 314, loja 9 – Floresta – 90.220-180
Porto Alegre – RS – Brasil / Fone: 51.3225.5777 – Fax: 51.3221-5380

Pedidos & Depto. Comercial: vendas@lpm.com.br
Fale conosco: info@lpm.com.br
www.lpm.com.br

Impresso no Brasil
Verão de 2010

SOBRE O AUTOR

Georges Joseph Christian Simenon nasceu na cidade belga de Liège, em 12 de fevereiro de 1903, filho de Desiré Simenon, contador de uma companhia de seguros, e Henriette. A família era católica, e o comparecimento a rituais da Igreja foi uma constante na infância do autor. Christian, filho mais novo do casal, era o preferido de Henriette, enquanto Georges venerava o pai, um homem paciente que não desperdiçava palavras. Era adolescente quando Liège foi ocupada pelos alemães durante a Primeira Guerra Mundial.

Ainda na juventude do autor, seu pai adoeceu gravemente do coração. Georges abandonou a escola e começou a trabalhar. Passou por vários empregos, até que, em janeiro de 1919, foi admitido como office-boy no *Gazette de Liège*, sendo posteriormente promovido a repórter. Escreveu sob vários pseudônimos, até chegar ao nome de Georges Sim, que usaria por doze anos. Na atividade jornalística, adquiriu várias habilidades que muito lhe valeriam na carreira de romancista: escrever rápido e respeitar prazos. Paralelamente ao trabalho, nesse período Simenon aplicou-se no estudo de medicina forense. Também nessa época começou suas primeiras experimentações literárias e conheceu Régine Renchon, a quem apelidou de Tigy, sua futura mulher.

Seu pai morreu em 1921, e, após cumprir o serviço militar, Georges mudou-se para Paris, em 1922, onde se sustentou graças ao salário como secretário particular. Nos anos seguintes, ele se estabeleceria como autor de literatura *pulp*, além de frequentar artistas da cena francesa, como o cineasta Jean Renoir, de quem se tornou amigo, e a cantora americana Josephine Baker, de quem foi amante. Já nessa época estava em gestação aquele que se tornaria um dos mais famosos personagens da literatura ocidental, o inspetor Jules Maigret.

Entre 1929 e 1930, Simenon escreveu sob pseudônimo vários textos que prenunciavam o surgimento da série em que o comissário da Polícia Judiciária francesa desvenda uma série de crimes. Os anos de 1930 e 1931 foram dedicados à redação dos romances que comporiam a série Maigret e que seriam publicados já com o nome do autor pela editora francesa Fayard a partir de 1931. *Pietr-le-Letton* (*O assassino sem rosto*) foi o primeiro desses romances a ser escrito, mas *Monsieur Gallet, décédé* foi o primeiro a ser publicado, obtendo sucesso imediato, como os demais livros que se seguiriam. Todo o universo e a ética de Maigret já estavam estabelecidos nos primeiros livros da série. As histórias protagonizadas pelo inspetor Maigret – parisiense, fumante de cachimbo, usando sempre um sobretudo de gola de veludo e chapéu – compõem uma categoria *sui generis* da literatura policial: o êxito junto ao público deve-se menos ao enredo e à descoberta do mistério do que ao misto de ceticismo e esperança com o qual o taciturno Maigret vê a sociedade – visão psicológica que é a principal arma desse humanista no combate contra o crime. Com o passar dos anos, a composição dos personagens secundários se tornaria mais complexa e o tom dos romances, mais filosófico.

Em 1933, já havia escrito seis romances em um estilo diferente do que praticara até então, que ele chamou de *roman dur*: romances que não necessariamente giram em torno de um crime e que se apoiam, sobretudo, na riqueza psicológica dos personagens. A essa altura a família já estava vivendo na propriedade em La Rochelle, na costa oeste da França.

Em 1945, Simenon – já com problemas de coração –, Tigy e o filho do casal, Marc, deixaram a Europa em direção à América. Lá, ele conheceu Denyse Ouimet, que se tornaria sua segunda mulher. Em 1953, nasceu Marie-Jo, a única filha do autor, que acabaria se suicidando em 1978. Em 1955, a família retornou à Europa, estabelecendo-se na Suíça.

A década que se seguiu foi turbulenta: Denyse sofreu de problemas psiquiátricos que a levaram à internação, em 1962, e, em 1964, abandonou a recém-construída residência familiar, na cidade suíça de Épalinges. Em 1970, morreu a mãe de Simenon, com quem ele sempre tivera relações problemáticas, e nesse mesmo ano ele escreveu seu último *roman dur*, *Les Innocents*, além de *Maigret et monsieur Charles*, o último romance protagonizado por Jules Maigret. A partir de 1973, Simenon ditou e escreveu apenas livros de memórias que, como seu textos autobiográficos, são vistos com reservas por muitos estudiosos de sua obra, no que diz respeito à veracidade dos fatos. Nos últimos anos, o escritor viveu recluso, fazendo aparições públicas apenas ocasionalmente, das quais a mais famosa foi a entrevista dada ao cineasta e amigo Federico Fellini, na qual afirmou ter mantido relações com dez mil mulheres. Morreu aos 86 anos, no dia 4 de setembro de 1989, em Lausanne.

Simenon, o mais emblemático caso de proficuidade literária do século XX, é autor de mais de duzentos romances (75 dos quais protagonizados pelo inspetor Maigret), 155 contos (trinta com Maigret) e 25 textos autobiográficos. Esses números são apenas aproximados, já que vários escritos foram publicados apenas em periódicos, sob até 29 pseudônimos. Dezenas de livros seus foram adaptados para a tevê, cinema e quadrinhos, e a sua venda mundial é estimada em 1,5 bilhões de exemplares, em mais de cinquenta línguas. Atestando a sua permanência literária e a excelência de sua ficção, foi recentemente eleito o segundo melhor autor de livros de mistério pelo jornal *The Times*, somente atrás de Patricia Highsmith.

SUMÁRIO

CAPÍTULO I

Entre o Quais des Orfèvres e a Pont Marie, Maigret deu uma paradinha tão breve que Lapointe, andando a seu lado, nem notou. Entretanto, durante alguns segundos ou talvez menos, o comissário se viu com a mesma idade que seu companheiro.

Isso certamente se devia à qualidade do ar, à sua luminosidade, ao seu cheiro e ao seu sabor. Uma manhã idêntica às do jovem Maigret, inspetor recém-nomeado para a Polícia Judiciária, que os parisienses ainda chamavam de *Sûreté*. Nessa época, ele fazia rondas externas e perambulava da manhã à noite pelas vias públicas de Paris.

Embora já fosse 25 de março, era o primeiro verdadeiro dia de primavera, mais límpido ainda por suceder a um último aguaceiro noturno, acompanhado de longínquos roncos de trovão. Pela primeira vez também, naquele ano, Maigret deixara o sobretudo no armário do escritório, o que fazia com que a brisa enfunasse de vez em quando o paletó desabotoado do comissário.

Devido a essa lufada do passado, ele adotara sem se dar conta seu passo de outrora, nem lento nem rápido. Não era totalmente o passo de um basbaque que se detém ante os espetáculos menores da rua, mas não era também o de alguém que caminha para um determinado objetivo.

Com as mãos atrás das costas, ele olhava em torno de si, à direita e à esquerda, registrando imagens às quais há muito tempo não prestava mais atenção.

Para um trajeto tão curto, não era preciso usar um dos carros pretos alinhados no pátio da P.J. Assim, os dois homens caminhavam ao longo do cais, fazendo voar os pombos ao passarem pelo adro da catedral de Notre-Dame, onde havia um grande ônibus amarelo com turistas vindo de Colônia.

Atravessando a passarela de ferro, Maigret e Lapointe chegaram à Île Saint-Louis, tendo o comissário avistado por uma janela a criada de uniforme e touca de renda branca que parecia saída de uma peça dos Boulevards. Um pouco mais adiante, um jovem açougueiro, também de uniforme, entregava carne, enquanto um carteiro saía de um edifício.

Os brotos tinham surgido naquela manhã, salpicando as árvores de um verde tenro.

– O Sena continua alto – observou Lapointe, que ainda não dissera nada. Era verdade. Há um mês, a chuva mal cessava durante algumas horas e quase todas as noites a televisão mostrava as cheias dos rios, que transbordava pelas ruas de cidades e aldeias. A água amarelada do Sena arrastava detritos, caixas velhas, galhos de árvores.

Seguindo o Quai de Bourbon com andar tranquilo, os dois homens atravessaram a Pont Marie, de onde podiam ver a barcaça cinzenta *Poitou* descendo o rio, com o triângulo branco e vermelho da Compagnie Générale. Um guindaste arfava e rangia descarregando da *Poitou* a areia que lhe enchia os porões, misturando seu barulho aos ruídos confusos da cidade.

Outra barcaça estava atracada rio acima da ponte, a uns cinquenta metros da primeira. Mais limpa, ela parecia polida pela manhã, com uma bandeira belga flutuando preguiçosamente na popa. Perto da cabine branca dormia um bebê num berço de lona em forma de rede. Um homem muito grande, louro bem claro, olhava o cais como se esperasse alguma coisa.

O nome do barco, gravado em letras douradas, era *De Zwarte Zwaan*, um nome flamengo, mas nem Maigret nem Lapointe sabiam o que significava.

Faltavam dois ou três minutos para as dez horas. Os dois policiais chegaram ao Quai des Celéstins e, quando iam descer a rampa para o porto, um carro parou e três homens saíram dele.

– Vejam só! Chegamos ao mesmo tempo...

Também vinham do Palácio da Justiça, mas da parte mais imponente reservada aos magistrados. Eram o adjunto Parrain, o juiz Dantziger e um velho escrivão cujo nome Maigret nunca lembrava, embora o tivesse encontrado centenas de vezes.

Nem os passantes que se dirigiam a seus negócios nem as crianças que brincavam na calçada em frente podiam imaginar que se tratava de uma operação do Ministério Público. Na manhã clara, a coisa não parecia nada solene. O adjunto tirou do bolso uma cigarreira de ouro, estendendo-a maquinalmente a Maigret, que tinha o cachimbo na boca.

– É verdade... esqueci.

Ele era alto, magro, louro e distinto. O comissário pensou mais uma vez que isso era uma especialidade do Ministério Público. Porém, a roupa do juiz Dantziger, pequeno e roliço, não tinha nada de especial. Há juízes de instrução de todos os tipos. Por que, no Ministério Público, quase todos parecem estar ligados a gabinete de ministros, com as mesmas maneiras, a elegância e geralmente a arrogância deles?

– Vamos, senhores?

Desceram a rampa de pedras desiguais e chegaram à beira d'água, não longe da barcaça.

– É essa?

Maigret não sabia mais do que seus companheiros. Tinha lido nas reportagens a narrativa sucinta do que acontecera durante a noite, e um telefonema meia hora antes o solicitara a ajudar o Ministério Público em sua tarefa.

Isso não lhe desagradava. Ele reencontrava um mundo, um ambiente que já conhecia de longa data. Os cinco homens avançaram para a barcaça a motor, ligada por uma prancha à margem. O grande barqueiro louro deu alguns passos na direção deles.

– Me dê a mão – disse ele ao adjunto que vinha na frente. – É mais prudente, não é?

Seu sotaque flamengo era pronunciado. O rosto de traços muito desenhados e os olhos claros, os braços fortes, a maneira de se mover lembravam os ciclistas de seu país a cujas entrevistas se assiste depois das competições.

Ali se ouvia com mais força o ruído do guindaste descarregando a areia.

– O senhor se chama Joseph Van Houtte? – perguntou Maigret depois de dar uma olhada num papel.

– Jef Van Houtte, sim, senhor.

– É o dono deste barco?

– Claro que sou, senhor. Se não fosse eu, quem seria?

Um cheiro bom de comida subia da cabine; embaixo da escada forrada com um linóleo florido via-se uma mulher muito jovem que andava de lá para cá.

Maigret apontou o bebê no berço.

– É seu filho?

– É uma filha, Yolande. Minha irmã se chama Yolande também e é a madrinha do bebê...

O adjunto Parrain achou que precisava intervir depois de fazer um sinal ao escrivão para que tomasse notas.

– Conte para nós o que aconteceu.

– Bem. Eu o peguei e o camarada do outro barco me ajudou...

Ele apontou para o *Poitou*, na popa do qual um homem ao leme olhava para o lado deles como se esperasse a sua vez.

A sirene de um rebocador se fez ouvir várias vezes e passou lentamente, tornando a subir a corrente com quatro barcaças atrás dele. Cada vez que uma delas chegava à altura do *Zwarte Zwaan*, Jef Van Houtte erguia o braço para cumprimentar a tripulação.

– O senhor conhece o homem que se afogou?

– Nunca o vi mais gordo.

– Há quanto tempo está atracado neste cais?

– Desde ontem à noite. Vim de Jeumont, com uma carga de ardósia para Rouen... Estava pensando em atravessar Paris e parar durante a noite na eclusa de Suresnes... Mas de repente notei que o motor tinha alguma coisa errada... Nós não gostamos muito de dormir em Paris, entende?

De longe, Maigret podia ver dois ou três mendigos na ponte. Entre eles, havia uma mulher muito gorda que ele achava já ter visto.

– Como foi que aconteceu? O homem se jogou na água?

– Não acredito. Se ele se jogou na água, o que é que os outros dois vieram fazer aqui?

– Que horas eram? Onde o senhor estava? Conte em detalhes o que aconteceu durante a noite. O senhor atracou no cais pouco antes do anoitecer?

– Isso mesmo.

– Notou um mendigo debaixo da ponte?

– A gente não nota essas coisas. Eles estão lá quase sempre.

– O que fez em seguida?

– Jantamos, Hubert, Anneke e eu.

– Quem é Hubert?

– O meu irmão, que trabalha comigo. Anneke é minha mulher. É Anna, mas nós a chamamos de Anneke.

– E depois?

– Meu irmão botou sua roupa boa e foi dançar. É da idade, não é?

– Quantos anos ele tem?

– Vinte e dois.

– Ele está aqui?

– Foi comprar mantimentos. Vai voltar.

– O que o senhor fez depois do jantar?

– Fui trabalhar no motor. Vi logo que havia um vazamento de óleo e, como queria ir embora esta manhã, fui consertar.

Ele os observava um por um com pequenas olhadelas, com a desconfiança das pessoas que não têm o hábito de lidar com a justiça.

– A que horas terminou?

– Não terminei. Só acabei esta manhã.

– Onde estava quando ouviu os gritos?

O barqueiro coçou a cabeça, olhou o vasto convés que reluzia de limpeza diante dele.

– Primeiro, subi uma vez para fumar um cigarro e para ver se Anneke dormia.

– A que horas?

– Lá pelas dez... Não sei ao certo...

– Ela estava dormindo?

– Estava. E a menina também. Ela chora algumas noites, porque os primeiros dentes dela estão nascendo...

– O senhor voltou ao conserto do motor?

– Voltei...

– A luz da cabine estava apagada?

– Sim, minha mulher estava dormindo.

– E a luz do convés também tinha sido apagada?

– Claro.

– E depois?

– Depois, muito depois, ouvi um barulho de motor, como se um carro tivesse parado não muito longe do barco.

– Não foi ver o que era?

– Não. Por que teria de ver?

– Continue.

– Um pouco mais tarde ouvi um pluft...

– Como se alguém caísse no Sena?

– É.

– E depois?

– Subi a escada e meti a cabeça pela escotilha.

– E o que viu?

– Dois homens que corriam para o carro.

– Então havia mesmo um carro.

– Sim, um carro vermelho. Um Peugeot 403.

– Havia luz suficiente para você distinguir a marca?

– Há um poste de luz em cima do muro.

– Como eram os dois homens?

– O menor usava uma capa clara e tinha os ombros largos.

– E o outro?

– Não reparei muito nele porque foi o primeiro a entrar no carro. Ligou o motor logo...

– Não anotou o número da placa?

– Só sei que tinha dois 9 e que terminava por 75.

– Quando ouviu os gritos?

– Quando o carro começou a andar.

– Quer dizer, houve um certo tempo entre o momento em que o homem foi jogado na água e o momento em que ele gritou? Senão o senhor teria ouvido os gritos mais cedo?

– Acho que sim. À noite, fica mais calmo que agora.

– Que horas eram?

– Mais de meia-noite...

– Havia pedestres na ponte?

– Não olhei para lá.

Acima do muro, no cais, alguns passantes haviam parado, intrigados com os homens que conversavam no convés de um barco. Maigret achou que os mendigos tinham avançado alguns metros. Quanto ao guindaste, ele continuava a tirar areia do porão do *Poitou* e a descarregá-la nos caminhões que esperavam sua vez.

– O grito foi forte?

– Foi.

– Que tipo de grito? Pedia socorro?

– Ele gritou... Depois não se ouviu mais nada... Depois...

– O que é que o senhor fez?

– Pulei na barca e desamarrei ela...

– Conseguiu ver o homem que estava se afogando?

– Não... Não imediatamente... O dono do *Poitou* deve ter ouvido também, pois ele ia correndo ao longo do barco tentando pegar alguma coisa com seu arpão...

– Continue...

O flamengo aparentemente fazia o máximo que podia, mas era difícil para ele; o suor brotava de sua testa.

– Ali!... ali! – ele dizia.

– Quem?

– O dono do *Poitou*.

– E você viu?

– Em certos momento eu via, em outros não...

– Por quê? O corpo sumia?

– É... e era levado pela corrente...

– Seu barco também, não é?

– É. O camarada pulou na água.

– O do *Poitou*?

Jef suspirou, pensando sem dúvida que seus interlocutores não eram muito sutis. Para eles, era muito simples, deviam ter visto episódios semelhantes várias vezes na sua vida.

– Vocês dois o pescaram?

– Sim.

– Como estava o homem?

– Estava com os olhos abertos e, na barca, começou a vomitar...

– Ele não disse nada?

– Não, senhor.

– Parecia assustado?

– Não.

– Como era o jeito dele?

– Não sei. Finalmente ele não se moveu mais e continuou colocando água pela boca.

– Estava de olhos abertos?

– Estava. Pensei que tivesse morrido.

– Você foi buscar socorro?

– Não. Não fui eu.

– Foi seu colega do *Poitou*?

– Não. Alguém nos chamou da ponte.

– Então tinha alguém na Pont Marie?

– Naquele momento, sim. O homem nos perguntou se era um afogado. Eu disse que sim. Ele gritou que ia avisar a polícia.

– E avisou?

– Avisou. Pouco depois chegaram dois policiais de bicicleta.

– Já estava chovendo?

– Começou a chover e a trovejar quando o sujeito foi içado para o convés.

– De seu barco?

– É.

– Sua mulher acordou?

– A luz da cabine estava acesa, Anneke tinha posto um casaco e olhava para nós.

– Quando o senhor viu o sangue?

– Quando o homem estava deitado perto do leme. O sangue saía de uma fenda na cabeça dele.

– Uma fenda?

– Um buraco... Não sei como o senhor chama isso...

– Os policiais chegaram logo?

– Sim.

– E o pedestre que avisou a eles?

– Não vi mais.

– Não sabe quem era?

– Não.

Era preciso certo esforço, à luz da manhã, para imaginar essa cena noturna que Jef Van Houtte descrevia da melhor maneira que podia, procurando as palavras, como se as traduzisse uma a uma do flamengo.

– O senhor sabe que o mendigo recebeu um golpe na cabeça antes de ser jogado na água, não é?

– O médico disse isso. Um dos policiais foi buscar um médico. Então chegou uma ambulância. Depois que levaram o ferido embora, fui lavar o convés, tinha ficado um monte de sangue ali...

– Como acha que as coisas aconteceram?

– Não sei.

– O senhor disse aos policiais...

– Eu disse o que eu achava.

– Repita.

– Acho que ele dormia debaixo da ponte.

– Mas o senhor não o viu antes?

– Não prestei atenção... Há sempre gente dormindo debaixo das pontes.

– Bem. Um carro desceu a rampa...

– Um carro vermelho... Disso eu tenho certeza.

– Ele não parou longe de sua barcaça.

Ele concordou com a cabeça e estendeu o braço para um certo ponto da margem.

– O motor continuava ligado?

Dessa vez, a cabeça de Jef moveu-se numa negativa.

– Mas o senhor escutou passos.

– É.

– Passos de duas pessoas?

– Vi dois sujeitos voltando para o carro...

– Não os viu irem para a ponte?

– Eu estava trabalhando em baixo, no motor.

– Esses dois sujeitos, um deles com um impermeável claro, teriam golpeado o mendigo que dormia e o jogado no Sena?

– Quando subi, ele já estava na água...

– O relatório do médico diz que o mendigo não pode ter se ferido na cabeça caindo na água... Nem numa queda acidental na beira do cais.

Van Houtte os encarava com o ar de que aquilo não era da conta dele.

– Podemos interrogar sua mulher?

– Podem. Mas ela não vai entender nada, só fala flamengo...

O adjunto olhou Maigret como que perguntando se o comissário desejava saber mais alguma coisa. Maigret fez um sinal negativo. Se quisesse perguntar seria depois, quando o pessoal do Ministério Público não estivesse mais lá.

– Quando é que vamos poder partir? – disse o barqueiro.

– Assim que o senhor assinar seu depoimento. E com a condição de nos dizer para onde está indo...

– Para Rouen.

– E vai ter que nos pôr a par de seus deslocamentos. Meu escrivão virá com os papéis para o senhor assinar.

– Quando?

– Certamente no começo da tarde.

Isso contrariou visivelmente o barqueiro.

– Por falar nisso, a que horas o seu irmão voltou para bordo?

– Um pouco antes da ambulância ir embora.

– Muito obrigado.

Jef Van Houtte ajudou-o novamente a atravessar a pequena passarela, e o pequeno grupo dirigiu-se para a ponte. Por sua vez, os mendigos recuaram alguns metros.

– O que acha, Maigret?

– Acho curioso. É muito raro que ataquem um mendigo...

Sob o arco da Pont Marie havia uma espécie de nicho no muro de pedra. Não tinha muita forma, não tinha nome e, no entanto, aparentemente, era há algum tempo o abrigo de um ser humano.

A estupefação do adjunto divertiu Maigret, que não pôde deixar de comentar:

– É assim debaixo de todas as pontes. Aliás, há um abrigo do mesmo tipo bem em frente à P.J.

– A polícia não faz nada?

– Se ela o demolir, ele ressurge um pouco além...

Era feito de caixas velhas, de pedaços de toldo. Só tinha espaço para um homem se encolher ali. No solo, viam-se cobertas rasgadas, palha e jornais que exalavam um cheiro forte, apesar da corrente de ar.

O adjunto evitava tocar em alguma coisa, e foi Maigret quem se inclinou para fazer um rápido inventário.

Um cilindro de ferro, com buracos e uma grelha, servira de forno e ainda estava coberto de cinzas esbranquiçadas. Bem perto, pedaços de carvão de madeira apanhados Deus sabe onde. Remexendo nas cobertas, o comissário descobriu uma espécie de tesouro: dois nacos de pão duro, de salsichão de alho de uns dez centímetros e, em outro canto, livros cujos títulos ele leu à meia-voz.

– *Sabedoria*, de Verlaine... *Orações fúnebres*, de Bossuet...

Pegou um fascículo que devia ter ficado muito tempo sob a chuva e, sem dúvida, fora recolhido de uma lata do lixo. Era um número antigo do *Presse médicale*...

E finalmente a metade de um livro, só a segunda metade, do *Memorial de Santa Helena*.

O juiz Dantziger parecia tão estupefato quanto o representante do Ministério Público.

– Leituras estranhas – observou.

– Bem, não sei se ele as escolhia exatamente – disse Maigret.

Sob as cobertas furadas, o comissário encontrou um suéter cinzento muito remendado e com manchas de tinta, que provavelmente tinha pertencido a um pintor; uma calça de tecido amarelado, chinelos de feltro com a sola furada e cinco meias sem par. E, por fim, uma tesoura com uma das pontas quebradas.

– O homem morreu? – perguntou o adjunto Parrain, mantendo-se à distância como se temesse pegar pulgas.

– Há uma hora, quando telefonei para o hospital, ainda estava vivo.

– Acham que vai se salvar?

– Estão tentando... Ele fraturou o crânio. Além disso, estão com medo de que possa ter uma pneumonia...

Maigret apalpou sem delicadeza um carro de criança desmantelado que o mendigo provavelmente usava quando ia fuçar nas latas de lixo. Virando-se para o pequeno grupo de mendigos sempre atento, o comissário observou sucessivamente seus rostos. Alguns se afastaram. Outros só expressaram letargia.

– Você, venha cá! – disse ele para uma mulher, apontando-a com o dedo.

Se isso acontecesse há trinta anos, quando ele trabalhava nas ruas, saberia o nome de todos. Naquela época, ele conhecia a maioria dos mendigos de Paris.

– Onde é que você dorme?

A mulher sorriu para amaciá-lo:

– Lá... – disse ela, mostrando a Pont Louis-Philippe.

– Conhecia o sujeito que resgataram ontem à noite?

O rosto dela era inchado e seu hálito cheirava a vinho azedo. Com as mãos na barriga, ela levantou a cabeça.

– Nós chamávamos ele de Toubib.*

– Por quê?

– Porque era instruído... Dizem que foi mesmo um médico no passado.

– Ele morava há muito tempo debaixo da ponte?

– Há anos...

– Quantos?

– Não sei... Não conto mais eles...

Ela riu, enquanto afastava do rosto uma mecha grisalha. De boca fechada parecia ter uns sessenta anos. Porém, quando falava, mostrava uma ausência quase total de dentes e parecia muito mais velha. No entanto,

* Médico, na gíria militar francesa. (N.T.)

seus olhos continuavam risonhos. De tempos em tempos, ela se virava para os outros, como se pedisse a confirmação de suas palavras.

– Não é? – perguntava.

Eles confirmavam com a cabeça, embora pouco à vontade na presença da polícia e daqueles senhores bem-vestidos demais.

– Ele vivia sozinho?

Isso a fez rir de novo.

– Com quem ia viver?

– Ele sempre morou debaixo desta ponte aqui?

– Nem sempre... Conheci ele debaixo da Pont-Neuf... E, antes disso, no cais de Bercy...

– Ele perambulava por Les Halles?

Não era no mercado Les Halles que a maioria dos mendigos se encontrava à noite?

– Não – disse ela.

– Ele catava coisas nas latas de lixo?

– Às vezes...

Então, apesar do carrinho de criança, sua especialidade não eram papéis velhos e trapos, o que explicava que já estivesse deitado no começo da noite.

– Ele era especialmente homem-sanduíche.

– O que sabe além disso?

– Nada...

– Ele nunca falou com você?

– Claro que sim... De vez em quando eu até cortava o cabelo dele... A gente precisa se ajudar...

– Ele bebia muito?

Maigret sabia que a pergunta não tinha muito sentido, já que, mais ou menos, todos bebiam.

– Vinho tinto?

– Como os outros.

– Muito?

– Nunca vi ele bêbado... Não é como eu...

E ela riu de novo.

– Eu conheço o senhor, sei que não é mau. O senhor me interrogou uma vez na sua sala, há muito tempo, talvez vinte anos, quando eu trabalhava na Porte Saint-Denis...

–Você não ouviu nada na noite passada?

Ela apontou a Pont Louis-Philippe, como se mostrasse a distância que a separava da Pont Marie.

– É muito longe...

– Não viu nada?

– Só os faróis da ambulância... Eu me aproximei, não muito, com medo de ser levada embora, e vi que era uma ambulância.

– E vocês? – perguntou Maigret, virando para os três mendigos.

Eles sacudiram a cabeça, sempre inquietos.

– E se fôssemos falar com o barqueiro do *Poitou*? – sugeriu o adjunto, pouco à vontade naquele ambiente.

O homem que os esperava era muito diferente do flamengo. Também tinha mulher e filhos a bordo, mas a barcaça não lhe pertencia. Além disso, fazia quase sempre o mesmo trajeto, dos areais do alto Sena para Paris. Ele se chamava Justin Goulet, tinha 45 anos, pernas curtas, olhos espertos e um cigarro apagado colado nos lábios.

Ali, era preciso falar alto devido à barulheira do guindaste que continuava descarregando areia bem próximo dali.

– É engraçado, não é?

– O quê?

– Que as pessoas se deem ao trabalho de atacar um mendigo e jogar ele dentro d'água.

– Você os viu?

– Não vi coisa alguma.

– Onde é que você estava?

– Quando acertaram o sujeito? Na minha cama...

– E ouviu o quê?

– Ouvi alguém berrando...

– Nenhum carro?

– É possível que eu tenha ouvido um carro, mas carros passam o tempo inteiro pelo cais, lá em cima, e não prestei atenção...

– Você subiu à ponte?

– De pijama... Não tive tempo de vestir uma calça.

– E sua mulher?

– Ela disse dormindo:

"– Onde é que você vai?..."

– Quando chegou ao convés, o que viu?

– Nada... Vi o Sena correndo como sempre, com seu turbilhão... Falei: "Ho! Ho!..." para que o sujeito respondesse e eu pudesse saber de que lado ele estava...

– Onde estava Jef Van Houtte nesse momento?

– O flamengo?... Acabei vendo ele no convés de seu barco... Ele começou a desamarrar a chalupa... Quando chegou perto, empurrado pela correnteza, pulei lá dentro... O homem na água aparecia de vez em quando à superfície, depois desaparecia... O flamengo tentou pegá-lo com meu arpão...

– Um arpão que tem um grande gancho de ferro na ponta?

– Como todos os arpões...

– Será que não foi tentando pegá-lo assim que o feriram na cabeça?

– Claro que não... no fim fisgamos o sujeito pelo fundilho das calças... Eu me debrucei logo e peguei ele por uma perna...

– Estava desmaiado?

– Estava com os olhos abertos.

– E não disse nada?

– Vomitou água... Depois, no barco do flamengo, percebemos que ele estava sangrando.

– É tudo? – murmurou o adjunto, que não parecia se interessar muito por aquela história.

– Vou tratar do resto – respondeu Maigret.

– Vai ao hospital?

– Daqui a pouco. Segundos os médicos, ele vai levar algumas horas para falar...

– Ponha-me a par de tudo.

– Pode deixar.

Enquanto passavam de novo sob a Pont Marie, Maigret disse a Lapointe:

– Ligue para a delegacia do bairro e peça para me mandarem um agente.

– Onde é que encontro o senhor?

– Aqui...

E Maigret apertou gravemente a mão do pessoal do Ministério Público.

CAPÍTULO II

– São juízes? – perguntou a mulher gorda vendo os três homens se afastarem.

– Magistrados – corrigiu Maigret.

– Não é a mesma coisa?

E depois de um leve assobio:

– Estão se mexendo como se ele fosse alguém da alta, hein? Então ele era mesmo um *toubib*?

Maigret não tinha ideia. Nem parecia com pressa de saber. Vivia no presente sempre sob a impressão de coisas já vividas há muito tempo. Lapointe desaparecera no alto da rampa. O adjunto, ladeado pelo pequeno juiz e pelo escrivão, olhava onde pisava com medo de sujar os sapatos.

Preto e branco ao sol, o *Zwarte Zwaan* era tão limpo externamente quanto devia ser a sua cozinha. Por sua vez, em pé junto à roda do leme, o grande flamengo olhava; e uma mulher pequena, uma verdadeira mulher-criança de um louro quase branco, inclinava-se sobre o berço do bebê para lhe mudar a fralda.

O barulho dos carros continuava lá em cima, no Quai des Célestins, assim como o ruído do guindaste descarregando a areia do *Poitou.* Isso não impedia que se ouvisse o canto dos pássaros ou o marulhar da água.

Os três mendigos continuavam à distância; agora só a mulher gorda seguia o comissário debaixo da ponte. Sua blusa, que devia ter sido vermelha, era agora rosada.

– Como é o seu nome?

– Léa. Me chamam de gorda Léa.

Isso a fez rir. Seus seios enormes sacudiram.

– Onde é que você estava na noite passada?

– Já lhe disse.

– Não havia ninguém com você?

– Só Dédé, o menorzinho, lá embaixo, de costas.

– É o seu amigo?

– Todos são meus amigos.

– Você dorme sempre debaixo da mesma ponte?

– Às vezes me mudo... O que é que o senhor está procurando?

Na verdade, Maigret tinha se debruçado novamente sobre os objetos variados que compunham os bens de Toubib. Sentia-se mais à vontade, agora que os magistrados estavam longe. Procedia com calma, encontrando sob os trapos uma frigideira, uma tigela, uma colher e um garfo.

Depois experimentou uns óculos de armação de aço com uma das lentes rachadas; tudo se embaralhou diante dele.

– Toubib só usava isso para ler – explicou a gorda Léa.

– O que me espanta – começou Maigret, olhando-a com insistência – é não achar...

Ela não o deixou terminar. Afastou-se dois metros e tirou de trás de uma grande pedra um litro de vinho violáceo ainda pela metade.

– Você bebeu?

– Bebi. Estava pensando em beber o resto. De qualquer modo não vai estar bom quando o Toubib voltar.

– Quando pegou isso?

– Esta noite, depois que a ambulância levou ele...

– Não tocou em mais nada?

Ela cuspiu no solo, a expressão séria.

– Juro que não!

Ele acreditou. Sabia por experiência própria que os mendigos não se roubam mutuamente. Aliás, é raro que roubem alguém, não só porque sem dúvida seriam logo localizados, mas também por uma espécie de indiferença.

Diante deles, na Île Saint-Louis, os apartamentos confortáveis tinham as janelas abertas; por uma delas via-se uma mulher escovando os cabelos à penteadeira.

– Você sabe onde ele comprava vinho?

– Vi o Toubib saindo várias vezes de um bistrô na Rue de l'Ave-Maria... É bem perto daqui... Na esquina da Rue des Jardins...

– Como era o Toubib com os outros?

Querendo agradar, ela refletiu.

– Não sei bem... Não era muito diferente...

– Ele não falava da própria vida?

– Ninguém fala disso... A não ser que esteja completamente de porre.

– Ele nunca estava de porre?

– Nunca, de verdade...

Dos montes de jornais velhos que serviam para aquecer o mendigo, Maigret acabava de recolher um cavalinho de criança, de madeira colorida, com uma pata quebrada. O comissário não se espantou. A gorda Léa também não.

Alguém que acabava de descer a rampa com um passo elástico e silencioso, usando *espadrilles**, aproximava-se da barcaça belga. Tinha em cada mão uma sacola cheia de provisões e delas se sobressaíam dois grossos pães e talos de alho-poró.

Sem dúvida era o irmão, pois parecia um Jef Van Houtte mais jovem, com os traços menos marcados. Usava uma calça azul e uma malha de listas brancas. Ao chegar ao barco, ele falou com o outro e então olhou na direção do comissário.

– Não toque em nada... Talvez eu ainda vá precisar de você... Se souber de alguma coisa...

– O senhor me imagina indo ao seu gabinete, assim como estou?

Isso a fez rir mais uma vez. Apontando a garrafa, Léa perguntou:

– Posso terminar?

Ele respondeu com um sinal da cabeça e foi ao encontro de Lapointe, que voltava com um guarda uniformizado. Maigret deu instruções ao guarda: vigiar o monte de quinquilharias que representavam a fortuna do Toubib até a chegada de um especialista da Identidade Judiciária.

Depois disso, acompanhado de Lapointe, ele foi pra o *Zwarte Zwaan.*

– O senhor é Hubert Van Houtte?

---

* Calçado de lona e sola de corda. (N.T.)

Mais taciturno ou mais desconfiado do que o irmão, Hubert limitou-se a balançar a cabeça.

– Foi dançar na noite passada?

– Algum mal nisso?

Falava com menos sotaque. No cais, Maigret e Lapointe tinham de levantar a cabeça para falar com ele.

– Foi dançar onde?

– Perto da Place de la Bastille... Numa rua estreita, com meia dúzia de lugares... Esse que eu fui se chama Chez Léon.

– Já o conhecia?

– Estive lá várias vezes.

– Então não sabe nada do que aconteceu?

– Só o que meu irmão me contou.

No convés, uma chaminé de cobre expelia fumaça. A mulher e a criança tinham descido para a cabine e, de onde estavam, o comissário e o inspetor podiam sentir o cheiro de comida sendo preparada.

– Quando vamos poder partir?

– Esta tarde, certamente... Assim que o juiz receber o depoimento assinado de seu irmão...

Banhado e penteado, Hubert Van Houtte também tinha a pele cor-de-rosa e os cabelos de um louro pálido.

Pouco depois, Maigret e Lapointe atravessaram o Quai des Célestins e, na esquina da Rue de l'Ave-Maria, acharam um bistrô com a tabuleta do Petit Turin. Em mangas de camisa, o dono estava à porta. Não havia ninguém no local.

– Podemos entrar?

O dono afastou-se da porta para que entrassem, espantado de ver pessoas como aquelas em seu restaurante. O lugar era minúsculo e, além do balcão, só oferecia três mesas aos fregueses. As paredes eram pintadas de verde-maçã. Do teto pendiam salsichões, mortadelas, estranhos queijos amarelados excepcionalmente grandes.

– Que posso servir aos senhores?

– Vinho...

– Chianti?

Garrafas recobertas de palha enchiam uma prateleira, mas foi de uma garrafa tirada debaixo do balcão que o dono encheu os copos dos dois homens, observando-os com um olhar curioso.

– Você conhece um mendigo apelidado de Toubib?

– Como vai ele? Espero que não tenha morrido...

Passava-se do sotaque flamengo ao sotaque italiano, da calma de Jef Van Houtte e de seu irmão Hubert à gesticulação do dono do bar.

– Você já soube? – perguntou Maigret.

– Sei que aconteceu alguma coisa a ele na noite passada.

– Quem lhe contou?

– Um mendigo, esta manhã...

– O que ele disse exatamente?

– Que tinha havido uma confusão perto da Pont Marie e que uma ambulância tinha vindo buscar Toubib.

– Só isso?

– Parece que foram os barqueiros que tiraram ele da água.

– Toubib comprava vinho aqui?

– Geralmente.

– Bebia muito?

– Cerca de dois litros por dia... Quando tinha dinheiro.

– Como ganhava esse dinheiro?

– Como todos eles ganham. Dando um bote em Les Halles ou em outro lugar. Ou fazendo um serviço de homem-sanduíche pelas ruas... Aqui, eu lhe dava crédito de boa vontade...

– Por quê?

– Porque não era um vagabundo como os outros... Ele salvou minha mulher...

Maigret a via na cozinha, quase tão gorda quanto Léa, mas muito ativa.

– Está falando de mim?

– Estou contando que Toubib...

Ela entrou na sala do bistrô, enxugando as mãos no avental.

– É verdade que tentaram matá-lo? O senhor é da polícia?... Acha que ele vai sair dessa?

– Ainda não se sabe – respondeu o comissário, evasivo. – Ele salvou a senhora de quê?

– Ah, se o senhor tivesse me visto há dois anos, não teria me reconhecido... Eu estava coberta de eczemas, com o rosto vermelho como um pedaço de carne do açougue... Aquilo já durava muitos meses... No posto médico, me faziam seguir montes de tratamentos, me davam pomadas com um cheiro tão ruim que eu mesma tinha vontade de vomitar... Nada resolvia... Eu não tinha mais direito a comer, pode-se dizer assim. Aliás, não tinha mais apetite... Eles me davam injeções também... – o dono do bistrô a escutava, aprovando.

– Um dia, Toubib estava sentado ali, veja, naquele canto perto da porta. Enquanto eu me queixava da saúde à quitandeira, senti que ele me olhava de modo engraçado... Pouco depois, ele me disse com a mesma voz com que pedia um copo de vinho:

"– Acho que posso curar a senhora...

"Então perguntei se ele era um médico mesmo. Ele sorriu.

"– Me tiraram o direito de exercer a medicina – murmurou."

– Ele lhe deu uma receita?

– Não. Só me pediu um pouco de dinheiro, duzentos francos, eu me lembro bem. E ele mesmo foi comprar pequenos envelopes de pó na farmácia.

"– Tome um dissolvido na água quente antes de cada refeição. E, de manhã e à noite, a senhora vai se lavar com água bem salgada...

"Acredite ou não, dois meses depois minha pele tinha ficado como está agora..."

– Ele tratou de outras pessoas também?

– Não sei. Não falava muito...

– Ele vinha aqui todos os dias?

– Quase todos os dias para comprar dois litros...

– Sempre sozinho? Nunca o viu em companhia de um desconhecido ou de vários?

– Não.

– Ele nunca lhe disse o nome verdadeiro, nem onde tinha morado no passado?

– Só sei que tinha uma filha... Também temos uma, que está na escola na hora em que... Uma vez, quando ela olhava para ele com curiosidade, ele disse:

"– Não tenha medo... Eu também tenho uma filhinha..."

Lapointe talvez se espantasse de ver Maigret dar tanta importância a essa história do mendigo. Nos jornais, isso renderia no máximo algumas linhas. Muito jovem ainda, Lapointe ignorava ser aquela a primeira vez, em toda a carreira do comissário, que um crime era cometido contra um mendigo.

– Quanto lhe devo?

– Não quer outro? À saúde do pobre Toubib?

Tomaram um segundo copo de vinho, cujo pagamento o italiano recusou. Depois, os policiais atravessaram a Pont Marie. Alguns minutos mais tarde, passavam sob a abóbada cinzenta do Hôtel-Dieu, o grande hospital público de Paris. Lá, foi preciso parlamentar por muito tempo com uma mulher azeda enfiada atrás de um balcão.

– O senhor não sabe o nome dele?

– Sei apenas que é chamado de Toubib no cais e que foi trazido para cá na noite passada...

– Na noite passada eu não estava aqui... Em que setor colocaram ele?

– Não sei. Agora há pouco, um médico-residente me falou pelo telefone de uma operação...

– Sabe o nome do médico?

– Não.

Ela se virou e percorreu as páginas de um livro de registro, deu dois ou três telefonemas.

– Como é o seu nome mesmo?

– Comissário Maigret.

O nome não dizia nada à mulher, que o repetiu ao telefone:

– Comissário Maigret.

Finalmente, depois de uns dez minutos, ela suspirou como se estivesse fazendo um favor:

– Suba a escada C... Vá até o terceiro andar... O senhor vai achar a enfermeira-chefe do andar...

Eles encontraram enfermeiras, jovens médicos, doentes de uniforme e, através das portas abertas, viram fileiras de camas.

No terceiro andar, tiveram de esperar mais, pois a enfermeira-chefe conversava animadamente com dois homens, dando a impressão de recusar o que pediam.

– Não posso fazer nada – disse ela finalmente. – É melhor se dirigirem à administração. Não sou eu que faço as regras...

Ela se afastou, resmungando entre os dentes frases pouco amáveis, e virou-se para Maigret.

– É o senhor que veio ver o mendigo?

– Comissário Maigret – ele repetiu.

Ela vasculhou a memória. O nome também não lhe dizia nada. Aquele era um outro mundo, um mundo de salas numeradas, serviços compartimentados, leitos enfileirados em peças vastas. De cada um deles pendia uma ficha na qual se inscreviam sinais misteriosos.

– Como vai ele?

– Acho que o professor Magnin está com esse paciente no momento.

– Ele foi operado?

– Quem lhe falou de operação?

– Não sei... Eu pensei...

Ali, Maigret não se sentia em seu lugar e ficava tímido.

– Com que nome vocês o registraram?

– Com o nome da carteira de identidade dele.

– A senhora está com a carteira?

– Posso lhe mostrar.

Ela entrou num pequeno escritório envidraçado, no fundo do corredor, e logo encontrou uma carteira de identidade suja, ainda úmida da água do Sena.

Sobrenome: Keller.

Nomes: François, Marie, Florentin.

Profissão: trapeiro.

Nascido em: Mulhouse, Baixo Reno...

Segundo o documento, o homem tinha 63 anos e seu endereço de Paris era um alojamento mobiliado na Place Maubert, que o comissário conhecia bem e que servia de domicílio oficial a um certo número de mendigos.

– Ele está consciente?

A enfermeira-chefe quis recuperar a carteira de identidade que o comissário meteu no bolso. Ela protestou:

– Isso não é um procedimento normal... O regulamento...

– Keller está num quarto particular?

– E o que mais?

– Leve-me até ele.

Ela hesitou, mas acabou por ceder.

– O senhor se entenda com o professor depois...

À frente deles, ela abriu a terceira porta, que dava para uma enfermaria onde se viam duas filas de leitos, todos ocupados. A maioria dos doentes estavam deitados, de olhos abertos; dois ou três no fundo, com roupa de hospital, conversavam em pé, em voz baixa.

Perto de um dos leitos, no meio da sala, uma dezena de rapazes e moças de jaleco e barrete brancos rodeavam um homem menor, atarracado, cabelos à escovinha, também de branco, que parecia dar uma aula aos mais jovens.

– O senhor não pode incomodá-lo neste momento. Ele está ocupado...

Apesar disso, ela cochichou algumas palavras no ouvido do professor, que lançou de longe uma olhadela a Maigret e retomou o curso de suas explicações.

– Ele vai terminar em poucos minutos. Pediu para o senhor esperar na sala dele.

A enfermeira-chefe levou os dois homens para lá. A peça não era grande e só tinha duas cadeiras. A foto de uma mulher e três crianças com as cabeças juntas estava numa moldura de prata na escrivaninha. Maigret hesitou, esvaziou o cachimbo no cinzeiro cheio de pontas de cigarro e tornou a enchê-lo.

– Desculpe tê-lo feito esperar, comissário... Quando a enfermeira me informou que o senhor estava aqui, fiquei um pouco espantado... Afinal de contas...

Ele também ia dizer que afinal de contas se tratava de um mendigo? Não.

– O caso é bastante banal, não?

– Eu ainda não sei quase nada. Na verdade, conto com o senhor para me esclarecer...

– Uma fratura de crânio, bem nítida, felizmente. Meu assistente deve ter lhe dito esta manhã pelo telefone...

– Ainda não haviam tirado a radiografia.

– Mas agora sim. Ele tem chances de escapar, o cérebro não parece atingido.

– Essa fratura pode ter sido provocada por uma queda no cais?

– Certamente não... O homem foi atingido com violência por um instrumento pesado, um martelo, uma chave inglesa ou um macaco de automóvel.

– Isso o fez desmaiar?

– Desmaiou a ponto de estar em coma neste momento e pode ficar assim por vários dias. Mas também pode acordar a qualquer instante.

Maigret tinha diante dos olhos o cais, o abrigo de Toubib, a água borbulhante que corria a alguns metros de distância. Lembrava-se das palavras do barqueiro flamengo.

– Desculpe insistir... O senhor disse que ele foi golpeado na cabeça... Um golpe só?

– Por que está me perguntando isso?

– Pode ter importância...

– À primeira vista, pensei que ele talvez tivesse levado vários golpes...

– Por quê?

– Porque uma orelha está dilacerada e há vários ferimentos no rosto, pouco profundos... Agora que o barbearam, eu o examinei melhor...

– E concluiu...?

– Onde aconteceu isso?

– Debaixo da Pont Marie.

– Numa briga?

– Acho que não. Parece que o homem estava deitado, dormindo, no momento do ataque. Segundo o que o senhor observou, isso é plausível?

– Completamente plausível.

– O senhor acha que ele desmaiou logo?

– Tenho quase certeza disso. E, depois do que acaba de me dizer, entendo a orelha dilacerada e os ferimentos no rosto... Ele foi encontrado no Sena, não é? Esses ferimentos secundários indicam que foi arrastado pelo pavimento do cais, e não carregado... Há areia lá?

– Estavam descarregando areia a poucos metros.

– Encontrei areia nos ferimentos.

– Então o senhor acha que Toubib...

– Como? – espantou-se o professor.

– É o apelido dele no cais... É possível que realmente tenha sido médico.

Era o primeiro médico também, em trinta anos, que o comissário encontrava sob uma ponte. No passado, conhecera ali um antigo professor de química de um ginásio do interior. E, alguns anos depois, uma mulher que tivera seu momento de fama como amazona de circo.

– Tenho certeza de que ele estava deitado, provavelmente dormindo, quando o agressor, ou os agressores, o atacaram...

– Só um atacou, já que só há um golpe...

– Exato. Ele desmaiou, de modo que devem ter achado que tinha morrido.

– Totalmente possível.

– Em vez de carregá-lo, eles o arrastaram até a beira do Sena e o empurraram para dentro d'água...

O médico escutava gravemente, refletindo.

– Pode ser isso?

– Perfeitamente.

– Em termos médicos, é possível que no rio, enquanto a corrente o levava, ele tivesse gritado?

O professor coçou a cabeça.

– O senhor está pedindo demais. Não posso responder categoricamente. Digamos que não acho impossível... Sob o contato com a água fria...

– Então ele recuperou a consciência?

– Não necessariamente... Doentes em coma falam e se agitam... É possível...

– Ele não disse nada enquanto o senhor o examinava?

– Gemeu várias vezes...

– Dizem que, quando o tiraram da água, ele estava de olhos abertos...

– Isso não prova nada. Quer vê-lo?... Venha comigo.

Conduziu os homens para a terceira porta, e a enfermeira-chefe os viu passar com certo espanto e, sem dúvida, também com alguma reprovação.

Dos leitos, os doentes seguiam com os olhos o pequeno grupo que parou junto à cama de um deles.

– Os senhores não veem muita coisa...

De fato, viam-se apenas curativos que envolviam a cabeça e o rosto do mendigo, deixando visíveis apenas os olhos, as narinas e a boca.

– Qual é a chance de ele escapar?

– Setenta por cento... Talvez oitenta, pois o coração continua forte.

– Muito obrigado.

– Mando avisá-lo assim que ele acordar... Deixe seu número de telefone com a enfermeira-chefe.

Era bom estar de novo do lado de fora, ver o sol, os pedestres, um carro amarelo e vermelho desembarcando turistas no adro da catedral de Notre-Dame.

Maigret andava novamente sem dizer nada, com as mãos atrás das costas. Vendo que ele estava preocupado, Lapointe evitava falar.

Entraram sob a abóbada da P.J. e começaram a subir

a grande escadaria, que o sol fazia parecer mais poeirenta. Finalmente, chegaram ao escritório do comissário.

Maigret foi logo escancarar a janela, seguindo com os olhos uma fileira de barcaças que desciam o rio.

– É preciso mandar alguém lá de cima examinar as coisas dele...

"Lá de cima" era a Identidade Judiciária, os técnicos, os especialistas.

– Seria melhor pegar a caminhonete e trazer tudo.

Não receava que os outros mendigos pegassem alguns objetos de Toubib, mas tinha medo dos jovens ladrões.

– Quanto a você, trate de ir a Pont-et-Chaussées... Não deve haver tantos Peugeot 403 vermelhos em Paris... Verifique as placas que tenham dois 9... Leve quantos homens for possível para ajudar, verifiquem entre os proprietários...

– Certo, chefe.

Sozinho, Maigret arrumou seus cachimbos e passou os olhos pelas notas de serviço empilhadas na escrivaninha. Devido ao tempo bom que fazia, hesitou em almoçar na Brasserie Dauphine. Acabou voltando para casa.

Era a hora em que o sol banhava a sala de jantar. O vestido de flores cor-de-rosa da sra. Maigret fez o comissário pensar na blusa, quase do mesmo rosa, da gorda Léa.

Pensativo, comia o fígado de vitela ao bafo quando a mulher lhe perguntou:

– Em que está pensando?

– No meu mendigo...

– Que mendigo?

– Um camarada que parece que foi médico no passado.

– O que fez ele?

– Nada, que eu saiba. Foi o sujeito que levou uma pancada debaixo da Pont Marie que quase rachou a cabeça dele. Depois foi jogado na água...

– Morreu?

– Dois barqueiros o resgataram a tempo.

– O que queriam dele?

– É o que me pergunto. Na verdade, ele é da mesma região que o seu cunhado.

A irmã da sra. Maigret morava em Mulhouse com o marido, engenheiro da Ponts-et-Chaussées. Os Maigret costumavam visitá-la com frequência.

– Como é o nome dele?

– Keller... François Keller.

– Engraçado, o nome não me é estranho.

– É um nome bastante comum por lá...

– E se eu telefonasse à minha irmã?

Ele sacudiu os ombros. Por que não? Não acreditava muito que o telefonema ajudasse em algo, mas daria prazer à sua mulher.

Depois de servir o café, a sra. Maigret ligou para Mulhouse. Esperou a comunicação apenas alguns minutos; durante esse tempo, murmurava para si mesma, como se buscasse lembrar:

– Keller... François Keller...

O telefone tocou.

– Alô!... Alô, sim!... Sim, senhorita, estou esperando Mulhouse... É você, Florence?... Como? Sou eu, é... Não, não chegou nada ainda... De Paris... Estou em casa. Ele está aqui perto, tomando café... Vai bem. Vai tudo bem... Aqui também... Finalmente a primavera está chegando.

"– E as crianças, como vão? A gripe? Eu tive na semana passada. Não foi grave, não... Escute... Não estou ligando por isso. Por acaso você se lembra de um homem chamado Keller?... François Keller... Como? Vou perguntar a ele..."

Ela se virou para o marido:

– Qual é a idade dele?

– Sessenta e quatro.

– Sessenta e quatro anos. É. Você não o conheceu pessoalmente?... O quê? Não corte a linha, senhorita... Alô! Sim, ele era médico... Estou tentando me lembrar há meia hora quem me falou disso... Você acha que foi seu marido?

"– Sim... Espere... Vou repetir o que você me disse a ele, que está aqui com uma cara impaciente... Casou com uma moça dos Merville. Quem são esses Merville? Conselheiro da Corte? Ele casou com a filha de um Conselheiro da Corte?... Bom... Este morreu há muito tempo. Certo. Não se espante, estou repetindo tudo para ele porque tenho medo de esquecer alguma coisa... Uma velha família de Mulhouse... O avô foi prefeito e... não ouvi direito... Sua estátua... Acho que isso não é importante... Não importa se você não tem certeza...

"– Alô!... Keller casou com ela... Filha única... Rue du Sauvage? O casal morava na Rua du Sauvage... Um excêntrico? Por quê?... Não sabe bem... Ah, sim... entendo... Tão selvagem quanto sua rua..."

Ela encarava Maigret como se dissesse que fazia o possível.

– Sim... sim... Pouco importa se não é interessante... Com ele, nunca se sabe... Às vezes, é um detalhe sem importância... Sim... Em que ano? Então já faz vinte anos mais ou menos... Ela herdou de uma tia... E ele foi embora... Não logo... Ainda viveu um ano com ela...

"– Tinham filhos?... Uma filha?... Com quem?... Rousselet, dos produtos farmacêuticos? Ela mora em Paris?...

Então, virou-se para Maigret:

– Tinham uma filha que casou com Rousselet, o herdeiro dos produtos farmacêuticos, moram em Paris...

E ao telefone:

– Entendo. Escute. Tente saber mais... É... obrigada. Um beijo para o marido e os filhos. Ligue a qualquer hora... Eu não saio.

Um ruído de beijos. Ela se virou de novo para Maigret:

– Eu sabia que conhecia esse nome. Você entendeu? Parece que é esse François Keller, que era médico e que casou com a filha de um magistrado... O pai morreu pouco antes do casamento.

– E a mãe? – perguntou o comissário.

Ela o olhou atentamente, perguntando a si mesma se ele estava sendo irônico.

– Não sei. Florence não disse nada sobre ela. Há uns vinte anos, a srta. Keller recebeu uma herança de uma das tias... Agora é muito rica... O médico era excêntrico... Você ouviu o que eu disse? Segundo minha irmã, um selvagem... Eles deixaram a casa para se instalar numa mansão perto da catedral... Ele ainda ficou um ano com ela e depois desapareceu de repente...

"– Florence vai telefonar para as amigas, sobretudo para as mais velhas, quem sabe consegue mais informações. Ela prometeu me ligar...

"– Isso interessa a você?"

– Tudo me interessa – suspirou Maigret, levantando da poltrona e indo até o porta-cachimbo para mudar de cachimbo.

– Você acha que isso vai obrigá-lo a ir a Mulhouse?

– Ainda não sei.

– Você me leva?

Os dois sorriram. Entrando pela janela aberta, o sol os banhava com um perfume de férias.

– Até a noite... Vou anotar tudo o que ela me disser... Mesmo que você ria de nós.

CAPÍTULO III

O JOVEM LAPOINTE FORA revirar Paris em busca dos Peugeot 403 vermelhos. Janvier também não estava em seu lugar na sala dos inspetores, pois tinha sido chamado à clínica e caminhava pelos corredores, enquanto esperava que sua mulher lhe desse o quarto filho.

– Está fazendo alguma coisa urgente, Lucas?

– Isto aqui pode esperar, chefe.

– Venha à minha sala um instante.

Maigret queria que ele pegasse as coisas de Toubib. Não tinha pensado nisso de manhã.

– Certamente vão mandá-lo de sala em sala e criarão obstáculos em nome de vários regulamentos administrativos... É melhor você arranjar uma carta que os impressione, com o máximo de carimbos possível...

– Assinada por quem?

– Assine você mesmo. Para eles, são só os carimbos que contam... Eu gostaria também de ver as impressões digitais do tal François Keller. Na verdade, é mais simples eu ligar para o diretor do hospital...

No parapeito da janela, um pardal olhava os dois homens movimentando-se no que devia considerar um ninho humano. Muito educado, Maigret anunciou ao diretor do hospital a visita do policial Lucas e tudo se passou da melhor forma.

– Não é preciso carta – anunciou ao desligar. – Vão levar você imediatamente ao diretor, e ele o encaminhará...

Pouco depois, sozinho, folheava a lista telefônica de Paris.

– Rousselet... Rousselet... Amedée... Arthur... Aline...

Havia uma porção de Rousselet, mas ele encontrou, em letras maiores: Laboratórios René Rousselet.

O laboratório ficava no 14º *arrondissement*, ao lado da Porte d'Orléans. Logo abaixo se via o endereço particular daqueles Rousselet: Boulevard Suchet, no 16º *arrondissement*.

Eram duas e meia da tarde. O tempo continuava radioso, depois de uma ventania que varrera a poeira das ruas e parecia anunciar uma tempestade.

– Alô! Eu gostaria de falar com a sra. Rousselet, por favor...

Com um agradável tom grave, uma voz de mulher perguntou:

– Da parte de quem?

– Do comissário Maigret, da Polícia Judiciária...

Depois de um silêncio, a voz retomou:

– Pode me dizer do que se trata?

– É pessoal...

– Quem está falando é a sra. Rousselet.

– A senhora nasceu em Mulhouse e seu nome de solteira era Keller?

– Sim.

– Eu gostaria de conversar com a senhora o mais cedo possível... Posso passar em sua casa?

– O senhor vai me dar uma má notícia?

– Só preciso de algumas informações.

– Quando quer vir?

– O tempo de chegar aí...

Ele a ouviu dizer a alguém, sem dúvida uma criança:

– Me deixe falar, Jeannot...

Maigret a sentia surpresa, intrigada, inquieta.

– Então eu o espero, comissário. Nosso apartamento é no terceiro andar...

De manhã, ele se deleitara com a atmosfera dos cais que lhe trazia tantas lembranças. Sobretudo de tantos passeios com a sra. Maigret, quando gostavam de caminhar à beira do Sena de uma ponta à outra de Paris. Ele apreciava igualmente as avenidas calmas, as casas opulentas e as árvores dos belos bairros por onde passava agora num pequeno carro da P.J. pilotado pelo inspetor Torrence.

– Vou com o senhor, chefe?

– Melhor não.

A construção tinha uma porta de ferro e vidro, e o saguão era de mármore branco. O espaçoso elevador subiu em silêncio, sem um choque, sem um rangido. Foi apenas o tempo de apertar o botão da campainha e a porta se abrir; um criado de paletó branco pegou o chapéu do comissário.

– Por aqui, por favor.

Havia um balão de gás vermelho na entrada, um boneca no tapete, e Maigret pôde ver uma babá que conduzia uma menina de branco para o fundo do corredor. Outra porta se abriu, a de uma saleta íntima que dava para um grande salão.

– Entre, comissário...

Maigret calculou que ela devia ter uns 35 anos, mas não parecia. Era morena e usava um tailleur leve. Seu olhar, com a mesma doçura e suavidade que a sua voz, já interrogava o comissário enquanto o empregado fechava a porta.

– Sente... Desde que o senhor telefonou, estou me perguntando...

Em vez de entrar direto no assunto, Maigret perguntou maquinalmente:

– A senhora tem muitos filhos?

– Quatro. Onze anos, nove, sete e três...

Sem dúvida, era a primeira vez que um policial entrava na casa dela. A sra. Rousselet tinha os olhos fixos no comissário.

– Primeiro pensei que tinha acontecido alguma coisa com meu marido...

– Ele está em Paris?

– No momento não. Está num congresso em Bruxelas, e eu liguei imediatamente para ele...

– A senhora se lembra bem de seu pai, madame?

Ela pareceu relaxar um pouco. Havia flores por toda parte no ambiente e, através das grandes janelas, podiam-se ver as árvores do Bois de Boulogne.

– Lembro sim... Se bem que...

Ela parecia hesitar em prosseguir.

– Quando o viu pela última vez?

– Há muito tempo mesmo... Eu tinha treze anos...

– A senhora ainda morava em Mulhouse?

– Sim... Só vim para Paris depois que me casei.

– Conheceu seu marido em Mulhouse?

– Na Baule, para onde minha mãe e eu íamos todos os anos...

Ouviam-se vozes infantis, gritos, como se deslizassem pelos corredores.

– Com licença um instante...

Ela tornou a fechar a porta atrás de si e falou em voz baixa, mas com energia:

– Desculpe... As crianças não têm aula hoje e eu tinha prometido sair com elas...

– A senhora reconheceria seu pai?

– Acho que sim... Sim.

Ele tirou do bolso a carteira de identidade de Toubib. A foto, segundo a data de emissão da carteira, era de uns cinco anos atrás. Uma dessas fotos tiradas num aparelho automático como os que existem nas grandes lojas, nas estações de trem e até na Central de Polícia.

François Keller não havia se barbeado para a foto, nem feito nenhum esforço quanto à toalete. Seu rosto estava coberto por uma barba de dois ou três centímetros que devia cortar de tempos em tempos com uma tesoura. O cabelo de suas têmporas começava a escassear e seu olhar era neutro, indiferente.

– É ele?

Ela segurava o documento com uma mão que tremia e inclinou-se melhor para enxergar. Provavelmente era míope.

– Não me lembro dele assim, mas tenho quase certeza de que é ele...

Inclinou-se ainda mais para a foto.

– Com uma lupa, eu poderia... Espere... Vou pegar uma...

Pousou a carteira de identidade sobre uma mesa redonda, desapareceu e voltou alguns minutos depois com uma lupa.

– Ele tinha uma cicatriz pequena mas profunda acima do olho esquerdo... Veja... Não se distingue muito bem neste retrato, mas me parece que continua ali... Olhe o senhor...

Ele também olhou a foto com a lupa.

– Se bem me lembro, foi por minha causa que ele se feriu. Estávamos passeando no campo, num domingo... O calor era grande, e havia uma profusão de papoulas espalhadas por um campo de trigo...

"– Eu quis colher as flores. O campo era cercado de arame farpado... Eu tinha uns oito anos na época... Meu pai afastou os fios do arame para que eu passasse... Ele mantinha o fio abaixado com o pé e se debruçara para frente... É engraçado como me lembro tão bem da cena quando já esqueci tantas coisas... O pé dele deve ter deslizado e o arame soltou-se bruscamente como se fosse uma mola e o cortou no rosto...

"– Minha mãe receou que o olho dele tivesse sido atingido... Saía muito sangue... Tivemos de andar até uma fazenda para encontrar água e fazer um curativo... Ele ficou com a cicatriz..."

Enquanto falava, ela continuava a observar Maigret, inquieta. Dava a impressão de que retardava o momento em que seria informada por ele do motivo exato da visita.

– Aconteceu alguma coisa a meu pai?

– Foi ferido na noite passada, na cabeça de novo, mas os médicos acham que ele não corre perigo.

– Isso aconteceu em Paris?

– É. À margem do Sena... A pessoa ou as pessoas que o atacaram o jogaram na água depois...

Maigret não tirava os olhos dela, observando suas reações. Ela não tentava esconder-se do exame.

– A senhora sabe como seu pai vivia?

– Não exatamente.

– O que quer dizer?

– Quando ele nos deixou...

– A senhora tinha treze anos, não é? Lembra-se da partida dele?

– Não... Certa manhã, não o vi em casa. Como eu fiquei espantada, minha mãe me disse que ele tinha partido para uma longa viagem...

– Soube para onde?

– Alguns meses depois, mamãe me disse que ele estava na África, no meio do mato, cuidando dos negros...

– Era verdade?

– Acho que sim. Mais tarde, aliás, gente que o encontrou lá nos falou dele... Morava no Gabão, num posto situado a centenas de quilômetros de Libreville.

– Ficou lá muito tempo?

– Vários anos... Certas pessoas em Mulhouse o consideravam uma espécie de santo... Outras...

Ele aguardava. Ela hesitou:

– Outras o consideravam um aventureiro, meio maluco...

– E sua mãe?

– Acho que mamãe se conformou de uma vez por todas...

– Que idade tem ela agora?

– Cinquenta e quatro anos... Não, cinquenta e cinco... Sei agora que ele lhe deixou uma carta que ela nunca me mostrou, dizendo que ele não voltaria e que ia lhe facilitar o divórcio...

– Ela se divorciou?

– Não. Mamãe é muito católica.

– Seu marido está a par disso tudo?

– Claro. Não escondemos nada dele.

– A senhora sabia que seu pai tinha voltado a Paris?

A sra. Rousselet pestanejou rapidamente. Maigret teve certeza de que ela pensou em mentir.

– Sim e não... Nunca tornei a vê-lo. Não tínhamos certeza, mamãe e eu... Mas alguém de Mulhouse disse a ela que havia encontrado um homem-sanduíche, no Boulevard Saint-Michel, que parecia estranhamente com meu pai... É um velho amigo de mamãe... Parece que, quando ele chamou o homem de François, o homem estremeceu. Mas em seguida fingiu não reconhecê-lo.

– Sua mãe não pensou em recorrer à polícia? A senhora também não?

– Para quê? Ele escolheu o destino dele... Sem dúvida, não foi feito para viver conosco...

– E a senhora não se questionava sobre o assunto?

– Falamos sobre isso várias vezes, meu marido e eu...

– E com sua mãe?

– Eu lhe fiz perguntas, é claro, antes e depois de meu casamento...

– Qual é o ponto de vista dela?

– É difícil dizer em poucas palavras... Ela lamenta por ele... eu também... Embora eu me pergunte às vezes se ele não está mais feliz assim...

Acrescentou numa voz mais baixa, um tanto constrangida:

– Há gente que não se adapta à vida que levamos... Depois, mamãe...

Nervosa, levantou-se e foi até a janela. Olhou um momento para fora antes de se virar novamente.

– Não tenho nada a falar dela... Ela também tem seu ponto de vista sobre a vida... Acho que cada um tem o seu... A palavra autoritária é forte demais para defini-la, mas mamãe faz questão de que as coisas corram de acordo com a sua vontade...

– Depois da partida de seu pai, a senhora se entendeu bem com ela?

– Mais ou menos... De qualquer forma, fiquei feliz em me casar e...

– Escapar de sua autoridade?

– Isso também...

Ela sorriu.

– Não é raro, muitas moças estão na mesma situação... Mamãe adora sair, receber, conhecer pessoas de projeção... Em Mulhouse, era na casa dela que todo o pessoal importante da cidade se reunia...

– Mesmo enquanto seu pai estava lá?

– Nos dois últimos anos, sim...

– Por que nos dois últimos?

Maigret lembrou-se da longa conversa telefônica de sua mulher com a irmã. Ficou um pouco irritado consigo mesmo por saber mais do que sua mulher ia saber.

– Porque mamãe recebeu uma herança de uma tia... Antes disso, vivíamos modestamente, numa casa simples... Não chegávamos nem a morar num bairro bonito, e a clientela de meu pai eram principalmente operários... Ninguém esperava essa herança... Então nos mudamos... Mamãe comprou uma grande mansão perto da catedral e não se importava que houvesse um brasão esculpido acima da porta principal...

– A senhora conheceu a família de seu pai?

– Não... Vi apenas seu irmão algumas vezes antes que ele morresse na guerra, na Síria, se não estou enganada; de qualquer modo, não foi na França...

– E os pais dele?

Ouviram novamente vozes de criança, mas a sra. Rousselet não deu importância a isso.

– A mãe dele morreu de câncer quando papai tinha uns quinze anos... Seu pai era um empreiteiro de marcenaria e carpintaria. Segundo mamãe, ele tinha uns dez operários... Um belo dia, quando meu pai ainda estava na universidade, encontraram o pai dele enforcado na oficina e descobriram que estava prestes a abrir falência...

– Mesmo assim seu pai conseguiu terminar os estudos?

– Trabalhando com um farmacêutico...

– Como era ele?

– Muito doce... Sei que isso não responde muito à sua pergunta, mas foi a principal impressão que ele me deixou... Muito doce e um pouco triste...

– Ele brigava com sua mãe?

– Jamais o vi levantar a voz... É verdade que, quando ele não estava em seu consultório, passava a maior parte do tempo visitando seus doentes... Eu me lembro que mamãe o censurava por não ter nenhum cuidado consigo mesmo, por usar sempre o mesmo terno amassado e ficar às vezes três dias sem se barbear... Eu dizia a papai que ele me espetava com a barba quando me beijava...

– Imagino que a senhora não saiba nada das relações de seu pai com os colegas de profissão?

– O que eu sei é por intermédio de mamãe... Só que com ela é difícil separar o que é verdade do que é mais ou menos verdade... Ela não mente, mas arruma a verdade para que esta pareça com o que ela gostaria que fosse... A partir do momento em que casou com meu pai, ele tinha de ser extraordinário...

"– Seu pai é o melhor médico da cidade – ela me dizia. – Sem dúvida, um dos melhores da França... Infelizmente..."

A sra. Rousselet sorriu de novo.

– Pode adivinhar o resto... Ele não conseguia se adaptar... Recusava-se a agir como os outros... Ela dava a entender que, se meu avô se enforcou, não foi pela falência iminente, e sim porque sofria dos nervos... Tinha uma filha que passou algum tempo numa casa de saúde...

– O que aconteceu com ela?

– Não sei... Acho que mamãe também não sabe... De qualquer forma, ela foi embora de Mulhouse.

– Sua mãe continua morando aqui?

– Há muito tempo que mora em Paris...

– Pode me dar o endereço dela?

– Quai d'Orléans... 29 B...

Maigret estremeceu, mas ela não notou.

– É na Île Saint-Louis. Desde que a ilha tornou-se um dos endereços mais requisitados de Paris...

– A senhora sabe onde seu pai foi atacado na noite passada?

– Não.

– Debaixo da Pont Marie... A trezentos metros da casa de sua mãe...

Ela franziu as sobrancelhas, inquieta.

– É no outro braço do Sena, não é? As janelas de mamãe dão para o Quai des Tournelles...

– Ela tem cachorro?

– Por que pergunta isso?

Durante os poucos meses em que Maigret morou na Place des Vosges, enquanto reformava o imóvel do Boulevard Richard-Lenoir, ele e a mulher iam com frequência passear à noite em volta da Île Saint-Louis. Exatamente na hora em que os donos de cachorros levavam seus animais para passear pelas margens, ou mandavam um empregado fazer isso.

– Mamãe só tem pássaros... Ela tem horror a cachorro e gato...

E mudando de assunto:

– Para onde levaram meu pai?

– Para o Hôtel-Dieu, o hospital mais próximo...

– O senhor queria sem dúvida...

– Não agora... Eu lhe pediria talvez que fosse reconhecê-lo para ter certeza absoluta da identidade dele. Mas no momento ele está com o rosto e a cabeça cobertos de curativos...

– Está sofrendo muito?

– Está em coma e não sente nada...

– Por que fizeram isso?

– É o que estou tentando saber...

– Houve uma briga?

– Não. Parece que deram uma pancada nele quando estava dormindo...

– Debaixo da ponte?

Ele se levantou por sua vez.

– Vai falar com minha mãe?

– Tenho de falar...

– O senhor permite que eu ligue para ela e a avise do que aconteceu?

Ele hesitou. Teria preferido observar as reações da sra. Keller. Entretanto, não insistiu.

– Obrigado, comissário. Vai sair nos jornais?

– A agressão deve sair, neste momento, em algumas linhas. O nome de seu pai certamente não vai aparecer, pois eu mesmo só soube dele no meio da manhã...

– Mamãe vai insistir para que não se fale disso...

– Farei o possível.

Ela o levou até a porta, enquanto uma meninazinha se agarrava à sua saia.

– Vamos sair logo, minha filha... Pede a Nana para vestir você...

Torrence andava de um lado para outro diante da casa, e o pequeno carro negro da P.J. fazia uma triste figura entre os automóveis de luxo, longos e cintilantes.

– Quai des Orfèvres?

– Não... Île Saint-Louis... Quai d'Orléans...

O prédio era antigo, com uma imensa entrada de veículos, mas cuidado como um imóvel caro. Os cobres, o corrimão da escada, os degraus e as paredes eram lisos e polidos, sem um grão de poeira; a própria zeladora, de roupa preta e avental branco, tinha o ar de uma empregada de boa casa.

– O senhor tem hora marcada?

– Não. A sra. Keller espera minha visita...

– Um instante, por favor...

A portaria era uma pequena sala que cheirava mais a encáustica do que a comida. A zeladora pegou o telefone.

– Como é o seu nome?

– Comissário Maigret.

– Alô!... Berthe?... Quer dizer à madame que o comissário Maigret quer vê-la?... É, ele está aqui... Ele pode subir?... Obrigada... Pode subir... Segundo andar à direita.

Subindo a escada, Maigret se perguntava se os flamengos ainda estariam atracados no Quai des Célestins ou se, depois de assinarem o depoimento, já teriam descido o rio em direção a Rouen. A porta se abriu sem que precisasse tocar. Uma empregada jovem e bonita examinou o comissário da cabeça aos pés, como se fosse a primeira vez na vida que visse um policial de carne e osso.

– Por aqui... Me dê o seu chapéu...

O apartamento, de pé-direito muito alto, era decorado em estilo barroco, com muitos dourados e móveis de madeira trabalhada. Desde a entrada se escutava um chilrear de periquitos. Com a porta do salão aberta, via-se uma imensa gaiola que devia conter uns dez casais de pássaros.

Maigret esperou uns dez minutos e acabou, como protesto, acendendo o cachimbo. É verdade que o retirou da boca quando a sra. Keller apareceu. Foi um choque para ele vê-la pequena, tão frágil e tão jovem ao mesmo tempo. Ela parecia ter apenas dez anos a mais que a filha; vestida de preto e branco, era clara e tinha olhos cor de miosótis.

– Jacqueline me ligou... – disse ela imediatamente, indicando a Maigret uma poltrona de espaldar alto e reto, tão desconfortável quanto possível.

Ela própria sentou-se sobre um banquinho forrado de tapeçaria antiga numa postura que deviam ter-lhe ensinado no convento.

– Então o senhor encontrou meu marido...

– Não o estávamos procurando – respondeu ele.

– Não tenho dúvida... Não vejo por que o estariam procurando... Cada qual é livre para viver sua vida... É verdade que ele está fora de perigo, ou o senhor disse isso à minha filha para tranquilizá-la?

– O professor Magnin lhe dá oitenta por cento de chances de se restabelecer.

– Magnin?... Eu o conheço muito bem... Ele já veio aqui várias vezes...

– Sabia que seu marido estava em Paris?

– Sabia sem saber... Desde que ele foi para o Gabão, há uns vinte anos, eu recebi ao todo dois cartões-postais... E isso bem no começo de sua estada na África...

Ela não fingia tristeza e olhava Maigret de frente, como uma mulher habituada a todo tipo de situação.

– O senhor tem certeza, ao menos, de que é ele mesmo?

– Sua filha o reconheceu...

Ele lhe estendeu a carteira de identidade com a fotografia. Pegando os óculos sobre uma cômoda, a sra. Keller examinou atentamente o retrato sem que se pudesse perceber nenhuma emoção em seu rosto.

– Jacqueline está certa... Evidentemente ele mudou, mas eu também juraria que é François.

Tornou a erguer a cabeça.

– É verdade que ele vivia há alguns passos daqui?

– Debaixo da Pont Marie.

– E eu que atravesso essa ponte várias vezes por semana, pois tenho uma amiga que mora bem do outro lado do Sena... Sra. Lambois... O senhor deve conhecê-la de nome... O marido dela...

Maigret não quis tomar conhecimento do cargo importante do marido da sra. Lambois.

– A senhora não reviu seu marido desde o dia em que ele foi embora de Mulhouse?

– Nunca.

– Ele não lhe escreveu, nem telefonou?

– Fora os dois postais, nunca mais tive notícias dele... Quer dizer, não diretamente.

– E indiretamente?

– Na casa de amigos, conheci um antigo governador do Gabão, Pérignon, que me perguntou se eu era parente de um doutor Keller...

– O que respondeu?

– A verdade... Ele pareceu embaraçado. Tive que deixá-lo à vontade. Então me confessou que François não tinha encontrado lá o que buscava.

– E o que ele buscava?

– Era um idealista, entende? Não era feito para a vida moderna... Depois de sua decepção em Mulhouse...

Maigret se mostrou surpreso.

– Minha filha não lhe falou a respeito?... É verdade que ela era muito jovem e via muito pouco o pai... Em vez de ele fazer a clientela que merecia... O senhor toma um chá? Não? Desculpe se tomo meu chá diante do senhor, está na minha hora...

Ela tocou a campainha.

– Meu chá, Berthe...

– Para uma pessoa?

– Sim... O que posso lhe oferecer, comissário? Um uísque? Nada? Está bem. O que eu dizia? Ah, sim! Alguém já não escreveu um livro chamado *O médico dos pobres*? Ou será que é *O médico do campo*? Bem, meu marido era uma espécie de médico dos pobres, e se eu não tivesse herdado de minha tia estaríamos tão pobres quanto François... Não tenho raiva dele... Era sua natureza... Seu pai... Pouco importa. Cada família tem seus problemas...

O telefone tocou.

– Com licença... Alô! Sou eu.. Alice? Sim, minha querida... Talvez eu chegue um pouco atrasada. Não! Muito bem, ao contrário! Você viu Laure? Ela vai estar lá?... Não vou me estender mais porque estou com uma visita... Conto sim... Até logo.

Voltou para o seu lugar, sorridente.

– É a mulher do ministro do Interior... O senhor a conhece?

Maigret limitou-se a negar com a cabeça e automaticamente guardou o cachimbo de novo no bolso. Os periquitos o irritavam. As interrupções também. Agora, era a empregada que vinha servir o chá.

– Ele pôs na cabeça que ia se tornar médico de hospital e durante dois anos trabalhou duro para fazer o concurso... Se o senhor conhecesse Mulhouse, iam lhe dizer que aquilo foi uma injustiça total... François era certamente o melhor, o mais preparado... E acho que lá teria sido o seu lugar... Como sempre, o nomeado foi o protegido de um grande patrono... Mas não era motivo para largar tudo...

– Foi por causa dessa decepção...

– Acho que sim... Eu o via tão pouco! Quando ele estava em casa, ficava fechado em seu escritório... Sempre foi bastante selvagem, mas a partir daquele momento pode-se dizer que perdeu as estribeiras... não quero falar mal dele... Não tive nem a ideia de me divorciar, quando ele me propôs isso por carta...

– Ele bebia?

– Minha filha lhe disse?

– Não.

– Começou a beber, sim. Eu nunca o vi bêbado, mas ele tinha sempre uma garrafa no escritório. E o viam sair com muita frequência de pequenos bistrôs que um homem de sua condição não tem o hábito de frequentar...

– A senhora tinha começado a falar do Gabão...

– Acho que François queria se tornar uma espécie de doutor Schweitzer, entende? Cuidar dos africanos no mato e montar um hospital, ver os brancos e as pessoas de sua classe o mínimo possível.

– Ele se decepcionou?

– De acordo com o que o governador me disse, constrangido, ele chegou a pôr a administração contra ele, assim como as grandes companhias... Talvez por causa do clima, ele bebia cada vez mais... Não pense que estou lhe dizendo isso por ser ciumenta... Nunca fui... Lá, ele morava numa cabana com uma negra e parece que teve dois filhos...

Maigret olhava os periquitos na gaiola atravessada por um raio de sol.

– Fizeram com que ele entendesse que aquele não era o seu lugar.

– A senhora quer dizer que o expulsaram do Gabão?

– Mais ou menos... Não sei bem como as coisas acontecem lá, e o governador foi bem vago... Seja como for, ele foi embora...

– Há quanto tempo um de seus amigos o encontrou no Boulevard Saint-Michel?

– Minha filha lhe contou? Não tenho certeza... O homem que levava nas costas o anúncio de um restaurante do bairro parecia François e estremeceu quando o meu amigo o chamou pelo nome.

– Seu amigo não falou com ele?

– François o olhou como se não o conhecesse. Só sei isso...

– Como já disse há pouco à sua filha, não posso lhe pedir para vir reconhecê-lo neste momento por causa das ataduras no rosto dele. Assim que ele melhorar...

– O senhor não acha que será penoso?

– Para quem?

– Estou pensando nele.

– Precisamos ter certeza de sua identidade.

– Estou quase certa. Ainda que fosse só pela cicatriz... Era um domingo de agosto...

– Eu sei.

– Então não vejo o que mais eu poderia lhe dizer.

Maigret levantou, com pressa de sair e não escutar mais a tagarelice dos periquitos.

– Acho que os jornais...

– Os jornais falarão o mínimo possível do assunto, prometo...

– Não é tanto por mim, é mais pelo meu genro. Nos negócios, é sempre desagradável... Ele sabe de tudo e compreendeu muito bem. O senhor não bebe nada, mesmo?

– Eu lhe agradeço.

Na calçada, Maigret disse a Torrence:

– Onde é que há um bistrô tranquilo por aqui? Estou com uma sede!

Um copo de cerveja bem fresca, com a espuma cremosa.

Eles encontraram o bistrô, tranquilo como o comissário queria. Mas a cerveja infelizmente estava morna e sem graça.

CAPÍTULO IV

– A LISTA ESTÁ EM CIMA da sua mesa – disse Lucas. Como sempre, trabalhara com minúcia.

Havia até várias listas datilografadas. Primeiro a de objetos variados – o especialista da Identidade Judiciária os classificara sob a rubrica de *Destroços* – que abarcavam a fortuna mobiliária e imobiliária de Toubib. Tudo isso – caixas velhas, carrinho de criança, cobertas furadas, jornais, frigideira, tigela, *Orações fúnebres* de Bossuet e o resto – achava-se no momento num canto do laboratório.

A segunda lista era a das roupas que Lucas tinha recolhido do Hôtel-Dieu. Uma terceira, enfim, detalhava o conteúdo dos bolsos.

Maigret preferiu não lê-la. Era curioso vê-lo, à luz do pôr do sol, abrir o saco de papel marrom que Lucas usara para recolher os objetos pequenos. O comissário tinha certo ar de criança que abre uma caixinha de surpresas esperando descobrir sabe Deus que tesouro.

Em primeiro lugar, retirou do saco um estetoscópio em mau estado e colocou-o sobre o mata-borrão.

– Estava no bolso direito do casaco – comentou Lucas. – Eu me informei no hospital. Não funciona mais.

Nesse caso, por que François Keller o tinha em seu bolso? Tinha esperança de consertá-lo? Não seria mais como um último símbolo de sua profissão?

Em seguida, vinha um canivete de bolso de três lâminas e um saca-rolha cujo cabo de chifre estava rachado. Como todo o resto, devia vir de alguma lata de lixo.

Um cachimbo de urze, de haste consertada com a ajuda de um fio de arame.

– Bolso esquerdo – anunciou Lucas. – Ele ainda está úmido.

Maigret o farejou automaticamente.

– Nenhum fumo? – perguntou.

– Algumas guimbas de cigarro no fundo do saco. Estão tão desfeitas que viraram uma maçaroca.

Imaginava-se o homem debruçando-se para recolher uma ponta de cigarro, retirando o papel e fazendo o fumo deslizar para o seu cachimbo. Maigret não demonstrava, mas no fundo lhe dava prazer que Toubib fumasse cachimbo. Nem a filha nem a mulher o haviam informado desse detalhe.

Pregos, parafusos. Para fazer o quê? O mendigo os recolhia no dia a dia e os enfiava no bolso sem pensar na utilidade que teriam, considerando-os sem dúvida como talismãs.

A prova disso era que havia três outros objetos ainda menos úteis para alguém que dorme sob o cais abrigando-se do frio com jornais: três bolas de gude, dessas de vidro, nas quais se veem filamentos amarelos, vermelhos, azuis e verdes. Dessas que se troca quando criança contra cinco ou seis bolas de gude comuns e que é um deleite fazer brilhar ao sol.

Era praticamente tudo, à exceção de algumas moedas e, numa bolsinha de couro, duas notas de cinquenta francos que a água do Sena colara uma à outra.

Maigret conservou uma das notas na mão e, durante o resto da conversa, rolou-a entre os dedos.

– Você tirou as impressões digitais?

– Os outros doentes me olharam com bastante interesse. Fui ao Registro de Identificação e comparamos as impressões com as fichas datiloscópicas.

– E o resultado?

– Nada. Keller nunca se envolveu conosco ou com a justiça.

– Ele não acordou ainda?

– Não. Quando eu estava lá, tinha os olhos entreabertos, mas não parecia ver coisa alguma. Sua respiração estava um pouco sibilante. De tempos em tempos, ele dá um gemido...

Antes de voltar para casa, o comissário assinou o recibo. Apesar de seu ar preocupado, ainda havia uma certa leveza em seu humor como também no céu de Paris. Teria sido por distração que, no momento de deixar a sala, pusera uma bola de gude no bolso?

Era terça-feira, dia de massa gratinada. Fora o guisado da quinta, o cardápio dos outros dias variava de semana em semana. No entanto, há anos, sem motivo nenhum, o jantar da terça era consagrado à massa gratinada recheada de presunto cortado bem fininho e, de tempos em tempos, uma trufa cortada ainda mais fina.

A sra. Maigret também estava de bom humor e, pelo brilho das suas pupilas, o comissário compreendeu que havia novidades para ele. Não contou logo à mulher que estivera com Jacqueline Rousselet e a sra. Keller.

– Estou com fome!

Ela esperou as perguntas dele, que só começou a fazê-las quando os dois estavam sentados à mesa ante a janela aberta. O ar era azulado, ainda com alguns vestígios vermelhos no fundo do céu.

– Sua irmã ligou?

– Acho que ela se saiu muito bem. Deve ter passado a tarde dando telefonemas para todas as amigas...

E mostrou um papelzinho com notas ao lado de seu prato.

– Leio o que ela me disse?

Os ruídos da cidade eram o fundo sonoro da conversa deles. Ouvia-se o começo do noticiário da televisão vindo dos vizinhos.

– Você não quer ler?

– Prefiro escutar.

Duas ou três vezes, enquanto ela falava, Maigret pôs a mão no bolso para brincar com a bola de gude.

– Por que está sorrindo?

– Por nada... Estou escutando...

– Em primeiro lugar, sei de onde vem a fortuna que a tia deixou para a sra. Keller... É uma história comprida... Quer que a conte em detalhes?

Ele fez um sinal afirmativo com a cabeça, enquanto comia o macarrão crocante.

– Ela era enfermeira e ainda solteira aos quarenta anos...

– Morava em Mulhouse?

– Não, em Estrasburgo. Era a irmã da mãe da sra. Keller... Está prestando atenção?

– Estou.

– Trabalhava no hospital... Lá, todo professor dispõe de alguns quartos para seus doentes particulares... Certo dia, pouco tempo antes da guerra, ela precisou cuidar de um homem de que se falou muito depois na Alsácia, um tal de Lemke. Esse homem, comerciante de ferro-velho, era também rico e tinha uma reputação muito ruim. Falava-se que ele era usurário também...

– Ele casou com ela?

– Como é que você sabe?

Ele se arrependeu de estragar a história da mulher.

– Adivinhei pela sua expressão.

– É, ele casou com ela. Ouça o que vem depois. Durante a guerra, ele continuou seu comércio de metais não ferrosos... Fatalmente trabalhou com os alemães e juntou uma fortuna considerável... Estou me estendendo muito? Estou aborrecendo você?

– Pelo contrário. O que aconteceu com ele depois da Liberação?

– O pessoal da Resistência procurou Lemke para fuzilá-lo depois de o obrigar a restituir os bens. Mas não o encontraram. Ninguém sabia onde ele e a mulher tinham se escondido. Bem, de qualquer modo, eles conseguiram chegar à Espanha e de lá embarcaram para a Argentina. O dono de um fábrica de fiação de Mulhouse encontrou Lemke na rua... Quer mais macarrão?

– Quero sim. O gratinado...

– Não sei se ele continuava a trabalhar ou se os dois viajavam por prazer... Certo dia, foram de avião para o Brasil e o aparelho se chocou contra as montanhas. A tripulação e todos os passageiros morreram. Ora, foi justamente porque Lemke e a mulher morreram nesse desastre que a herança foi para a sra. Keller, que não a esperava... Normalmente, o dinheiro deveria ir para a família do marido. Você sabe por que os Lemke não receberam nada e a sobrinha da mulher de Lemke ficou com todos os bens?

Ele trapaceou, disse que não com a cabeça. Mas tinha compreendido tudo.

– Parece que, quando um homem e sua mulher são vítimas de um mesmo acidente sem que se possa estabelecer quem morreu primeiro, a lei considera que a mulher sobreviveu, ainda que por alguns instantes. Os médicos acham que temos a vida mais dura. Então a tia herdou primeiro, e a fortuna depois passou à sobrinha... Ufa!

Estava contente e bastante orgulhosa de si mesma.

– No final das contas, foi porque uma enfermeira casou-se com um comerciante de ferro-velho no hospital de Estrasburgo e um avião se espatifou nas montanhas da América do Sul que o doutor Keller virou mendigo... Se sua mulher não tivesse ficado rica do dia para a noite, se tivessem continuado a morar na Rue du Sauvage, se... Entende o que quero dizer? Não acha que ele teria ficado em Mulhouse?

– É possível.

– Também tenho informações sobre ela, mas aviso que são fofocas e que minha irmã não se responsabiliza...

– Conte, mesmo assim...

– É uma pessoinha ativa, sempre em movimento, que adora as coisas mundanas e faz uma verdadeira caça às pessoas importantes... Depois que o marido foi embora, ela se lançou nisso de corpo e alma, organizando grandes jantares várias vezes por semana... Ela se tornou assim a conselheira secreta do prefeito Badet, cuja mulher, que já morreu, era inválida. Dizem as más línguas que a sra. Keller era amante dele e que teve outros amantes, entre eles um general cujo nome esqueci...

– Eu estive com ela...

Se a sra. Maigret ficou decepcionada, não demonstrou.

– Como é ela?

– Como você a descreveu. Uma senhora pequena, viva, nervosa, muito bem-cuidada, que não representa a idade que tem e que adora periquitos...

– O que tem a ver os periquitos com o assunto?

– Ela tem um monte deles em seu apartamento.

– Ela mora em Paris?

– Na Île Saint-Louis, a trezentos metros da Pont Marie, debaixo da qual o marido dormia. Ele também fumava cachimbo.

Entre a massa e a salada, ele tirara a bola de gude do bolso e a fazia rolar sobre o guardanapo.

– O que é isso?

– Uma bola de gude. Toubib tinha três delas.

Ela olhou o marido atentamente.

– Você gosta dele, não é?

– Acho que começo a entendê-lo...

– Você entende que um homem como ele se torne um mendigo?

– Talvez... Ele morou na África, único branco num posto afastado das cidades e das grandes rotas... Lá também ele se decepcionou...

– Por quê?

Talvez fosse difícil explicar isso a ela, que passara sua vida na ordem e na limpeza.

– O que estou querendo descobrir – continuou ele num tom leve – é de que ele poderia ser culpado...

Ela franziu as sobrancelhas.

– Como? Foi ele que jogaram no Sena, não foi?

– Ele é a vítima, é verdade...

– Então? Por que está dizendo...

– Os criminologistas, especialmente os americanos, têm uma teoria sobre isso. E não é tão absurda quanto parece...

– Que teoria?

– De que pelo menos em oito entre dez crimes a vítima compartilha em grande parte a responsabilidade do assassino...

– Não entendo...

Ele olhava a bola de gude como se ela o fascinasse.

– Vamos imaginar uma mulher e um homem ciumento brigando. O homem censura a mulher que o provoca...

– Isso deve acontecer...

– Imaginemos que ele tem um punhal na mão e diga à mulher:

"– Cuidado. Da próxima vez eu te mato..."

– Isso deve acontecer também.

Não no universo dela!

– Imagine agora que ela diga a ele:

"– Você não ousaria... Não é capaz disso..."

– Entendi.

– Bem, em muitos crimes passionais, isso ocorre... Você estava falando de Lemke, que fez fortuna metade por usura, levando seus clientes ao desespero, metade traficando com os alemães... Você se espantaria de saber que ele foi assassinado?

– O doutor...

– Ele parecia não fazer mal a ninguém. Vivia debaixo da ponte, bebia vinho tinto na garrafa e passeava pelas ruas com um cartaz publicitário nas costas...

– Veja só!

– No entanto, alguém desceu à margem do rio durante a noite e, aproveitando-se do sono dele, assestou-lhe uma pancada na cabeça que poderia matá-lo. Depois, arrastou-o até o Sena, de onde o sujeito só foi retirado por milagre. A pessoa que tentou matá-lo tinha um motivo. Em outras palavras, o Toubib tinha lhe dado, conscientemente ou não, um motivo para liquidá-lo...

– Ele continua em coma?

– Continua.

– Acha que, quando ele conseguir falar, você vai poder lhe arrancar alguma coisa?

Ele sacudiu os ombros e começou a encher o cachimbo. Um pouco mais tarde, apagaram a luz e sentaram diante da janela, que continuava aberta.

Foi uma noite tranquila e agradável, com longos silêncios entre as frases, o que não os impediu de se sentirem muito próximos um do outro.

Quando Maigret chegou ao trabalho, na manhã seguinte, o tempo estava tão luminoso quanto na véspera. Nas árvores, os pequenos pontos verdes já tinham se transformado em folhas, mas ainda finas e tenras.

O comissário acabara de sentar à sua escrivaninha quando Lapointe entrou, todo alegre.

– Tenho dois clientes para o senhor, chefe...

Estava tão orgulhoso e impaciente quando a sra. Maigret na noite anterior.

– Onde estão?

– Na sala de espera.

– Quem são?

– O proprietário do Peugeot vermelho e o amigo que o acompanhava na segunda à noite... Não tenho muito mérito... Ao contrário do que a gente pensa, existem poucos 403 vermelhos em Paris, e só três de chapa com o número 9 repetido... Um dos três está no conserto há oito dias e o outro está neste momento com o proprietário em Cannes...

– Você interrogou os homens?

– Só fiz duas ou três perguntas... Achei melhor que o senhor os visse. Mando-os entrar?

Havia algo misterioso na atitude de Lapointe, como se reservasse outra surpresa para Maigret.

– Mande.

Ele esperou, sentado à sua escrivaninha, sempre com a bola de gude multicolor no bolso, como um talismã.

– O sr. Jean Guillot... – anunciou o inspetor, fazendo entrar o primeiro cliente.

Era um homem de uns quarenta anos, de altura mediana, vestido com certo apuro.

– O sr. Hardoin, desenhista industrial...

Este último era mais alto, mais magro e alguns anos mais jovem. E também gago, como Maigret logo perceberia.

– Sentem-se, cavalheiros... Pelo que me disseram, um dos dois é dono de um Peugeot vermelho...

Foi Jean Guillot que ergueu a mão, com certo orgulho.

– É o meu carro – disse ele. – Comprei-o no princípio do inverno.

– Onde mora, sr. Guillot?

– Rue de Turenne, não longe do Boulevard du Temple.

– Sua profissão?

– Agente de seguros.

Ele estava um pouco impressionado por se achar numa sala da P.J. e ser interrogado por um comissário importante, mas não parecia assustado. Olhava até em torno com curiosidade, como para poder contar os detalhes a seus amigos.

– E o senhor? – Maigret virou-se para Hardoin.

– Eu... mo... moro na... na... mesma ca... casa.

– No andar acima de nós – ajudou Guillot.

– O senhor é casado?

– Sol... sol... solteiro.

– Eu sou casado e tenho dois filhos, um menino e uma menina – disse Guillot, que não esperou a pergunta.

Em pé, perto da porta, Lapointe sorria vagamente. Os dois homens, cada qual numa cadeira, com o chapéu nos joelhos, pareciam fazer um dueto.

– Os senhores são amigos?

Eles responderam ao mesmo tempo, tanto quanto permitia o gaguejar de Hardoin.

– Bastante amigos...

– Conhecem François Keller?

Eles se entreolharam surpresos, como se ouvissem esse nome pela primeira vez. Foi o desenhista quem perguntou:

– Quem... quem... quem é esse?

– Ele foi durante muito tempo médico em Mulhouse.

– Nunca pus os pés em Mulhouse... – afirmou Guillot. – Ele diz que me conhece?

– O que o senhor fez na segunda-feira à noite?

– Como já disse ao seu inspetor, eu não tinha ideia de que era proibido...

– Conte em detalhes o que o senhor fez...

– Quando voltei de minha viagem por volta de oito da noite – eu faço a periferia oeste –, minha mulher me puxou para um canto, para as crianças não ouvirem, e me disse que Nestor...

– Quem é Nestor?

– Nosso cachorro... Um grande dinamarquês. Ele tinha doze anos e era muito doce com as crianças, que ele viu nascer, pode-se dizer... Quando eram bebês, ele se deitava junto ao berço e eu mal ousava me aproximar...

– Sua mulher então lhe disse...

Ele continuou, imperturbável.

– Não sei se o senhor já teve dinamarqueses. Em geral, eles vivem menos do que os outros cachorros, não sei por quê. Nos últimos tempos, eles têm tido todas as doenças humanas... Já há algumas semanas Nestor estava quase paralisado, e eu tinha sugerido levá-lo ao veterinário para sacrificá-lo. Mas minha mulher não quis... Quando voltei na segunda, o cachorro estava agonizante. Para que as crianças não vissem isso, minha mulher foi chamar nosso amigo Lucien, que ajudou a levá-lo para a casa dele...

Maigret olhou para Lapointe, que lhe deu uma piscadela.

– Subi imediatamente à casa de Hardoin para saber como o cachorro estava. O pobre Nestor estava nas últimas. Telefonei para o veterinário e me disseram que ele estava no teatro, que não voltaria antes da meia-noite. Ficamos mais de duas horas vendo o cachorro morrer... Eu estava sentado no chão e ele tinha posto a cabeça nos meus joelhos... Ele tremia com convulsões...

Hardoin confirmou com a cabeça, tentando intervir:

– Ele... ele...

– Ele morreu às dez e meia da noite – interrompeu o agente de seguros. – Então desci para avisar minha mulher. Fiquei tomando conta do apartamento onde as crianças dormiam, enquanto ela ia ver Nestor pela última vez... Comi alguma coisa, eu não tinha jantado. Confesso que tomei dois conhaques para me dar ânimo. Quando minha mulher voltou, levei a garrafa a fim de oferecer uma bebida a Hardoin, que estava tão impressionado quanto eu...

Em resumo, um pequeno drama à margem de outro.

– Foi então que nos perguntamos o que íamos fazer com o cadáver... Eu soube que existe um cemitério de cachorros, mas acho que custa caro. Além disso, não posso me permitir perder um dia de trabalho para isso. Minha mulher também não tem tempo...

– Em resumo... – disse Maigret.

– Em resumo...

E Guillot ficou em silêncio, tendo perdido a linha do pensamento.

– Não... não... não...

– Não queríamos jogar o cão num terreno baldio. O senhor tem ideia do tamanho de um dinamarquês? Na sala de jantar de Hardoin, ele parecia até maior, mais impressionante... Em resumo...

Estava contente de voltar a esse ponto.

– Em resumo, decidimos colocá-lo no Sena. Fui até minha casa buscar um saco de batatas... O saco não era bastante grande, e as patas de Nestor saíam para fora... Tivemos dificuldade em descer com ele e colocá-lo na mala do carro..

– Que horas eram?

– Onze e dez da noite.

– Como sabe que eram onze e dez?

– Porque a zeladora ainda não estava deitada. Ela nos viu passar e perguntou o que tinha acontecido. Eu expliquei. A porta do apartamento estava aberta. Olhei maquinalmente o relógio que marcava onze e dez...

– O senhor disse que ia jogar o cachorro no Sena? Foram diretamente para a Pont des Célestins?

– Era a mais próxima.

– Só precisaram de alguns minutos para chegar lá. Não pararam no caminho, não é?

– Na ida, não... Fomos pelo caminho mais curto... Acho que levamos cinco minutos. Hesitei em descer a rampa com o carro... Como não vi ninguém, eu me arrisquei.

– Então ainda não eram onze e meia...

– Certamente não. O senhor vai ver... Nós pegamos o saco e o jogamos na corrente...

– Sem ver ninguém?

– Ninguém.

– Tinha uma barcaça por ali?

– É verdade... Reparamos até que estava iluminada lá dentro...

– Mas não viram o barqueiro?

– Não.

– Não foram até a Pont Marie?

– Não tínhamos nenhum motivo para ir mais longe... Jogamos Nestor na água o mais perto do carro possível...

Hardoin continuava aprovando com a cabeça e, às vezes, abria a boca para acrescentar uma palavra. Depois, desanimado, fechava-a de novo.

– O que aconteceu em seguida?

– Fomos embora... Quando chegamos lá em cima...

– Quer dizer no Quai des Célestins?

– É. Não me sentia no meu estado normal e me lembrei que a garrafa de conhaque tinha acabado. Aquela noite tinha sido uma provação... Nestor era quase da família. Na Rue de Turenne, sugeri a Lucien irmos beber alguma coisa. Então, paramos diante de um café na esquina da Rue des Francs-Bourgeois, ao lado da Place des Vosges...

– Beberam conhaque novamente?

– Sim... Lá também tinha um relógio; quando o olhei, o dono me disse que o relógio estava cinco minutos adiantado... Faltavam vinte para a meia-noite...

Ele repetiu com expressão aflita:

– Juro que não sabia que era proibido... Ponha-se no meu lugar... Sobretudo com relação às crianças, eu não queria que vissem aquela cena... Ainda não sabem que o cachorro morreu. Dissemos a elas que ele foi embora, que talvez tornemos a encontrá-lo...

Sem se dar conta, Maigret tirara a bola de gude do bolso e a apalpava.

– Imagino que o senhor me disse a verdade.

– Por que mentiria? Se há uma multa a pagar, estou pronto a...

– A que horas voltaram para casa?

Os dois homens se entreolharam com certo embaraço. Hardoin abriu a boca mais uma vez, e ainda dessa vez quem respondeu foi Guillot.

– Tarde... Cerca de uma hora da manhã.

– O café da Rue de Turenne fica aberto até uma hora da manhã?

Era um bairro que Maigret conhecia bem, onde tudo fechava à meia-noite. Na verdade, bem antes.

– Não. Fomos tomar uma última bebida na Place de la République.

– Estavam bêbados?

– O senhor sabe como é... A gente bebe porque está emocionado... Uma bebida... depois outra...

– Vocês não voltaram pela margem do Sena?

Guillot fez um ar de surpresa, olhou o amigo como para lhe pedir que acrescentasse seu testemunho ao dele.

– De jeito nenhum! Para que fazer isso?

Maigret virou-se para Lapointe.

– Leve esses senhores aqui ao lado e registre seus depoimentos... Obrigado, cavalheiros. Não preciso acrescentar que tudo o que disseram será verificado...

– Juro que disse a verdade.

– Eu... eu... tam... também.

Aquilo parecia uma farsa. Maigret fiou sozinho na sala, imóvel diante da janela aberta, com uma bola de gude de vidro na mão. Olhava com ar sonhador para o Sena, que corria além das árvores, os barcos que passavam, as manchas claras dos vestidos das mulheres na Pont Saint-Michel.

Acabou sentando de novo e pedindo uma ligação para o Hôtel-Dieu.

– Quero falar com a enfermeira-chefe da cirurgia.

Agora que ela o tinha visto com o grande chefe e que recebera instruções, estava doce como mel.

– Eu ia justamente ligar para o senhor, comissário. O professor Magnin acaba de examinar o paciente... Acha que ele está muito melhor do que ontem à noite e espera que não haja complicações... É quase um milagre.

– Ele acordou?

– Não completamente, mas começa a olhar à volta com interesse. É difícil saber se ele se dá conta de seu estado e do lugar em que está...

– Ele continua com as ataduras?

– Não no rosto...

– A senhora acha que ele pode recobrar a consciência hoje?

– Pode acontecer de um momento para outro... Quer que eu o avise assim que ele falar?

– Não... Eu vou até aí...

Agora, sim. Estava com pressa de conhecer o homem que só tinha visto com a cabeça enrolada em ataduras. Passou pela sala dos inspetores, onde Lapointe estava prestes a datilografar o depoimento do agente de seguros e de seu amigo gago.

– Vou ao Hôtel-Dieu... Não sei quando volto...

Era a dois passos dali. Dirigiu-se para lá, sem pressa, o cachimbo na boca, as mãos atrás das costas, desenrolando na cabeça pensamentos bastante vagos.

Quando chegou ao hospital, encontrou a gorda Léa, sempre de blusa cor-de-rosa, que se afastava do balcão de entrada com um ar despeitado. Ela correu para ele.

– Comissário, além de não me deixarem ver Toubib, se recusam a me dar notícias dele... Estão quase chamando um guarda para me pôr porta afora. O senhor tem notícias dele?

– Acabam de me dizer que ele está muito melhor.

– Acham que escapa dessa?

– É provável.

– Ele está sentindo dor?

– Acho que não... Estão lhe dando injeções.

– Ontem, uns homens à paisana vieram pegar as coisas dele. É o seu pessoal?

Ele confirmou com a cabeça e acrescentou sorrindo:

– Não se preocupe... Tudo será devolvido a ele...

– Continua sem saber quem fez aquilo?

– E você?

– Vivo no cais há quinze anos e é a primeira vez que alguém ataca um mendigo... Começa que somos pessoas inofensivas, o senhor deve saber disso melhor do que ninguém...

A palavra lhe agradou e ela a repetiu:

– Inofensivos... Não há nem brigas... Cada qual respeita a liberdade dos outros. Se não se respeitasse a liberdade dos outros, por que a gente dormiria debaixo de uma ponte?

Ele a olhou com mais atenção, notando que seus olhos estavam um pouco vermelhos e a cor de seu rosto mais viva do que na véspera.

– Você bebeu?

– Só para relaxar...

– O que seus camaradas acham?

– Não dizem nada. Quando já se viu tudo, a gente não se diverte mais em fofocar...

Como Maigret ia transpor a porta, ela perguntou:

– Posso esperar que o senhor saia para ter notícias?

– Talvez eu fique muito tempo...

– Não me importo... estar aqui ou ali...

Ela recuperava seu bom humor, o sorriso infantil.

– O senhor tem um cigarro?

Ele lhe mostrou o cachimbo.

– Então, uma pitada de fumo... já que não posso fumar, eu masco.

Ele tomou o elevador ao mesmo tempo que um doente numa maca e duas enfermeiras. No terceiro andar, encontrou a enfermeira-chefe, que saía de uma das salas.

– O senhor sabe onde é... Vou até lá num minuto... Estão me chamando na emergência...

Os olhares dos doentes deitados viraram-se para ele, como na véspera. Já havia uma certa familiaridade no ar. Ele se dirigiu ao leito do doutor Keller, de chapéu na mão, e viu finalmente um rosto com apenas algumas fitas de esparadrapo.

Haviam barbeado o homem na véspera, e agora ele mal parecia com a própria foto. Tinha os traços marcados, uma cor opaca, os lábios finos e pálidos. O que mais causou impacto em Maigret foi se encontrar subitamente diante de um olhar.

Pois não havia nenhuma dúvida: Toubib olhava-o, e com o olhar de um homem consciente.

Ficar silencioso constrangeu Maigret. Por outro lado, não sabia o que dizer. Sentou-se na cadeira que havia perto do leito e murmurou embaraçado:

– O senhor está melhor?

Tinha certeza de que as palavras não iam se perder no nevoeiro, que eram registradas e compreendidas. Mas os olhos, sempre fixos nele, não se moviam, limitando-se a expressar uma completa indiferença.

– Está me entendendo, doutor Keller?

Aquele foi o começo de uma batalha longa e decepcionante.

CAPÍTULO V

Maigret raramente conversava com sua mulher sobre uma investigação em andamento. Aliás, geralmente não a discutia com os colaboradores mais próximos, contentando-se em lhes dar instruções. Isso estava ligado à sua maneira de trabalhar, de tentar compreender, de se impregnar pouco a pouco da vida de gente que ele não conhecia na véspera.

– O que acha disso, Maigret? – perguntava-lhe com frequência um juiz de instrução quando de uma operação do Ministério Público ou de uma reconstituição.

No Palácio, a resposta invariável do comissário era:

– Eu nunca penso, senhor juiz.

E alguém replicara um dia:

– Ele se embebe...

De certa maneira era verdade, e as palavras pareciam precisas demais para Maigret, de modo que preferia calar-se.

Dessa vez, entretanto, era diferente, ao menos com a sra. Maigret. Talvez porque, graças à sua irmã que morava em Mulhouse, ela lhe dera uma mãozinha. Ao sentar-se à mesa para almoçar, o comissário disse:

– Esta manhã, conheci Keller...

A sra. Maigret ficou surpresa. Não apenas porque ele fora o primeiro a falar, como também porque seu tom era jovial. Esta não era a palavra exata. Não era alegre também. Mesmo assim, havia uma certa leveza, um certo bom humor na voz do comissário, nos seus olhos.

Pelo menos dessa vez os jornais não o atormentavam. O adjunto e o juiz o deixavam tranquilo. Um mendigo tinha sido atacado sob a Pont Marie, lançado no Sena na cheia, mas escapara miraculosamente, e o professor Magnin ainda se espantava com a capacidade de recuperação dele.

Em resumo, era um crime sem vítima, quase se poderia dizer sem assassino; e ninguém se inquietava por Toubib a não ser a gorda Léa e talvez dois ou três vagabundos.

Ora, Maigret consagrava o mesmo tempo a esse caso que a um drama que apaixonasse a França inteira. Parecia fazer dele uma questão pessoal e, pela maneira como acabava de comunicar sua visita a Keller, dava a impressão de que o mendigo era alguém que sua mulher e ele queriam conhecer há muito tempo.

– Ele acordou do coma? – perguntou a sra. Maigret, evitando manifestar muito interesse.

– Sim e não. Ele não disse uma palavra. Apenas me olhou, mas tenho certeza de que não perdeu uma palavra do que falei... A enfermeira-chefe não concorda comigo... Acha que ele ainda está aturdido pelas drogas que lhe deram e que se encontra no estado de um lutador de boxe depois de um nocaute.

O comissário comia, olhava pela janela, escutava os pássaros.

– Você acha que ele sabe quem o atacou?

Maigret suspirou, esboçou um leve sorriso que lhe era pouco comum, um sorriso zombeteiro que se dirigia a si próprio.

– Eu não sei de nada... Teria dificuldade de explicar o que acho.

Raramente se sentira tão desconcertado quanto essa manhã no hospital, ao mesmo tempo em que tão envolvido por um problema.

As condições da entrevista já tinham sido bastante desfavoráveis. Ela ocorrera num lugar onde havia uma dúzia de doentes deitados, três ou quatro sentados ou em pé perto da janela. Alguns com dor, em estado grave, e havia o incessante ruído de campainhas; uma enfermeira ia e vinha, debruçando-se sobre um leito e outro.

Todo mundo olhava com certa insistência o comissário sentado perto de Keller; todos tinham as orelhas atentas.

E a enfermeira-chefe aparecia de vez em quando à porta, observando-os com ar inquieto e descontente.

– O senhor não deve ficar muito tempo – recomendara a Maigret. – Evite cansá-lo.

Debruçado sobre Keller, o comissário falava à meia-voz, docemente, numa espécie de murmúrio.

– Está entendendo, doutor Keller? Lembra-se do que lhe aconteceu na segunda-feira à noite, quando estava deitado debaixo da Pont Marie?

Nenhum traço do ferido se moveu, mas o comissário só prestava atenção nos olhos dele, que não expressavam angústia ou inquietude. Eram olhos de um cinza lavado que tinham visto coisas demais. Uns olhos gastos.

– O senhor estava dormindo quando foi atacado?

O olhar de Toubib não tentava desviar-se do de Maigret, e ocorria algo curioso: não era Maigret que parecia estudar Keller, e sim o contrário.

Essa impressão era tão constrangedora que o comissário teve necessidade de se apresentar.

– Eu me chamo Maigret e dirijo a Brigada Criminal da P.J. Estou tentando entender o que aconteceu ao senhor... Já estive com sua mulher, sua filha, os barqueiros que o tiraram do Sena...

Toubib não estremecera ao ouvir falar da mulher e da filha, mas se podia jurar que uma leve ironia passara por suas pupilas.

– O senhor não consegue falar?

Keller não tentava responder com um movimento de cabeça, por mais leve que fosse, nem com um bater das pálpebras.

– O senhor entende quando lhe falam?

Claro! Maigret tinha certeza de que não se enganava. Keller não apenas entendia, como também não perdia uma nuance das palavras ditas.

– Fica embaraçado por eu o interrogar aqui, com outros escutando?

Então, para amaciar o mendigo, dava-se ao trabalho de explicar:

– Eu gostaria muito que o senhor tivesse um quarto particular... Infelizmente, isso envolve questões administrativas complicadas... Não podemos pagar um quarto particular com o nosso orçamento...

Paradoxalmente, as coisas teriam sido mais fáceis se, em vez de ser a vítima, o médico fosse o assassino ou mesmo um suspeito. Para a vítima, não havia nada previsto.

– Vou ser obrigado a trazer sua mulher, pois é preciso que ela reconheça o senhor formalmente... Incomoda-se de tornar a vê-la?

Os lábios moveram-se um pouco, sem emitir nenhum som, e não houve careta ou sorriso.

– O senhor se sente bem o bastante para que eu peça a ela para vir esta manhã?

O homem não protestou. Maigret aproveitou então para fazer uma pausa. Estava com calor, até mesmo sufocado naquela sala cheirando a doença e a remédios.

– Posso telefonar? – perguntou ele à enfermeira-chefe.

– Ainda vai torturá-lo?

– A mulher dele precisa fazer o reconhecimento... Só vai levar alguns minutos...

Contou tudo isso mais ou menos à sra. Maigret, almoçando diante da janela.

– Ela estava em casa e me prometeu ir logo. Dei instruções à recepção do hospital para que a deixassem entrar. E fui andar pelo corredor, onde o professor Magnin acabou indo me procurar.

Haviam conversado em pé diante de uma janela que dava para o pátio.

– O senhor também acha que ele recuperou a consciência? – perguntou Maigret.

– É possível... Quando o examinei há um momento, ele me deu a impressão de saber o que acontecia à sua volta. Contudo, em termos médicos, ainda não posso dar uma resposta categórica ao senhor. Quem não é médico pensa que somos infalíveis e que podemos responder a todas as perguntas... Ora, nós tateamos na maior parte do tempo... Pedi a um neurologista para ver Keller esta tarde...

– Acha difícil transferi-lo para um quarto particular?

– Difícil não, impossível. Está tudo cheio. Em alguns setores, estão colocando leitos nos corredores... A não ser que ele fosse levado para uma clínica particular.

– E se a mulher dele propusesse isso?

– O senhor acha que isso agradaria a Keller?

Era pouco provável. Se Keller escolhera partir e morar debaixo da ponte, provavelmente não gostaria de ficar de novo sob o encargo da mulher por causa de uma agressão.

A sra. Keller saiu do elevador e olhou à sua volta, desconcertada. Maigret foi recebê-la.

– Como está ele?

Não estava muito inquieta, nem emocionada. Dava sobretudo a impressão de se sentir deslocada, com pressa de voltar para seu apartamento da Île Saint-Louis e seus periquitos.

– Está calmo...

– Recobrou a consciência?

– Acho que sim, mas não tenho provas.

– Devo falar com ele?

Maigret a fazia passar na sua frente, e todos os doentes a olhavam enquanto ela avançava pelo piso encerado da sala. A sra. Keller procurava o marido com os olhos e, sozinha, dirigiu-se ao quinto leito, parando a dois ou três metros dele como se não soubesse que atitude tomar.

Keller a vira e a olhava, sempre com indiferença.

Ela estava muito elegante, num *tailleur* de *shantung* bege, com um chapéu combinando. Seu perfume misturava-se aos odores da sala.

– A senhora o reconhece?

– É ele, sim... Mudou, mas é ele...

Houve um momento de silêncio, penoso para todo mundo. Finalmente, corajosa, ela resolveu se aproximar. Brincando nervosamente com o fecho da bolsa com as mãos enluvadas, ela disse:

– Sou eu, François... Não imaginava que o encontraria um dia em condições tão tristes... Parece que vai se restabelecer logo... Eu queria ajudá-lo...

O que pensaria Keller olhando-a daquele modo? Há dezessete ou dezoito anos vivia num outro mundo. Era como se voltasse à superfície para encontrar diante de si um passado do qual havia fugido.

Não se lia nenhuma amargura no rosto do antigo médico. Ele se limitava a fitar aquela que fora sua mulher por tanto tempo. Depois virou levemente a cabeça para assegurar-se de que Maigret ainda estava lá.

Mais tarde, o comissário explicou à sua mulher:

– Eu podia jurar que ele estava me pedindo para acabar com aquela confrontação.

– Você fala dele como se o conhecesse há muito tempo...

De certo modo não era verdade? Maigret jamais encontrara Keller. Porém, ao longo de sua carreira, quantos homens parecidos com o atual mendigo não tinham se confessado no sigilo de sua sala na P.J.? Talvez não num caso tão extremo. Mesmo assim, os problemas humanos eram os mesmos.

– Ela não insistiu em ficar – contou ele. – Antes de ir embora, quase abriu a bolsa para pegar o dinheiro. Felizmente, não o fez... E me perguntou no corredor:

"– O senhor acha que ele não precisa de nada?

"E como eu lhe dissesse que não, ela insistiu:

"– Talvez eu pudesse mandar uma certa soma para o diretor do hospital em benefício de François?... Ele ficaria melhor num quarto particular...

"– Não há quartos vagos.

"Ela não insistiu.

"– O que devo fazer?

"– No momento, nada... Vou mandar um inspetor à sua casa para que assine um papel reconhecendo que o paciente é o seu marido.

"– O que adianta ser ele?

"Finalmente, ela foi embora."

Haviam terminado de jantar, tomavam café. Maigret acendera o cachimbo.

– Você voltou à sala dos doentes?

– Voltei, apesar do olhar de censura da enfermeira-chefe.

Ela se tornara uma espécie de inimiga pessoal.

– Keller continuou sem falar nada?

– Continuou. Falei sozinho, em voz baixa, enquanto um interno cuidava de um doente ao lado...

– O que disse a ele?

Para a sra. Maigret, essa conversa antes as xícaras de café era quase um milagre. Geralmente, ela mal sabia em que caso o marido trabalhava. Ele lhe telefonava avisando que não iria almoçar ou jantar, ou às vezes que passaria uma parte da noite no escritório ou em outro lugar. O mais comum era que os jornais a informassem do resto.

– Não me lembro mais do que disse a ele – respondeu Maigret levemente perturbado. – Queria que confiasse em mim... Falei sobre Léa, que me esperava lá fora, das coisas dele que tinham sido guardadas em segurança até que saísse do hospital.

"Isso pareceu lhe dar prazer.

"Eu lhe disse também que não precisava rever a esposa, se não quisesse. Que ela tinha sugerido pagar um quarto particular para ele, mas que não havia nenhum disponível...

"De longe, eu devia dar a impressão de estar recitando o rosário...

"Acho que o senhor prefere ficar aqui a ir para uma clínica..."

– Ele continuou sem dizer nada?

Maigret estava embaraçado.

– Sei que é uma idiotice, mas tenho certeza de que ele me aprovava, que nós nos compreendíamos... Tentei voltar à agressão...

"– Está dormindo?

"Era um pouco como brincar de gato e rato... Estou convencido de que ele resolveu definitivamente não dizer nada... E um homem que foi capaz de viver tanto tempo debaixo da ponte é capaz de se calar...

– Por que se calaria?

– Não sei.

– Para não acusar alguém?

– Pode ser.

– Quem?

Maigret levantou, sacudiu os grandes ombros.

– Se eu soubesse, seria Deus Pai. Tenho vontade de responder como o professor Magnin: eu também não faço milagres.

– Você realmente não soube nada de novo?

– Não.

Não era exatamente a verdade. Sabia que aprendera muito a respeito de Toubib. Se ainda não o conhecia de fato, tinha havido entre eles algo como contatos furtivos e um pouco misteriosos.

– Em determinado momento...

Ele hesitou em continuar, como se temesse ser acusado de infantilidade. Paciência! Precisava falar.

– Em determinado momento, tirei a bola de gude do bolso... Não fiz isso conscientemente.. Eu a apalpei entre os dedos e tive a ideia de colocá-la na mão dele... Eu devia dar uma impressão ridícula... Bem, ele não precisou olhar a bola de gude... Reconheceu-a com o toque. Tenho certeza de que seu rosto se iluminou e de que houve uma faísca de alegria e malícia em seus olhos, apesar do que diz a enfermeira...

– Mesmo assim ele continuou calado?

– Isso é outra questão... Ele não vai me ajudar... Decidiu não me ajudar, não dizer nada, e vou ter de descobrir a verdade sozinho.

Seria esse desafio que o deixava agitado? Sua mulher raramente o vira tão animado, tão envolvido em uma investigação.

– Léa me esperava lá embaixo, na calçada, mastigando meu fumo. Eu lhe dei o que tinha na minha bolsa de tabaco.

– Acha que ela não sabe de nada?

– Se soubesse de alguma coisa, teria me dito... Entre esse pessoal há mais solidariedade do que entre os que vivem normalmente, em casas... Tenho certeza de que neste momento eles questionam uns aos outros, vão fazendo sua investigaçãozinha paralela à minha...

“Ela me colocou a par de um único fato que pode ser interessante: que Keller nem sempre dormia debaixo da Pont Marie e que ele só estava no bairro há dois anos.”

– Onde é que morava antes?

– Na beira do Sena também, porém um pouco mais acima, no Quai de la Rapée, debaixo da Pont de Bercy.

– Eles mudam de lugar com frequência?

– Não. Mudar é tão importante para eles quanto para nós... Cada um tem o seu canto e ficam mais ou menos tempo ali...

Para se recompensar ou para se manter de bom humor, Maigret serviu-se de um copinho de aguardente de ameixa. Depois disso, pegou o chapéu e beijou a mulher.

– Até de noite.

– Você acha que vem jantar?

Ele sabia tanto quanto ela. Na verdade, não tinha a mínima ideia do que ia fazer.

Desde a manhã, Torrence verificava as informações dadas pelo agente de seguros e seu amigo gago. Ele devia ter interrogado a sra. Goulet, a zeladora da Rue de Turenne, e o comerciante de vinhos da esquina da Rue des Francs-Bourgeois.

Não demorariam a saber se a história do cachorro Nestor era verdadeira ou completamente inventada. E, mesmo que fosse verdadeira, não provaria que os dois homens não tinham atacado Toubib.

Qual seria o motivo? Até o momento, o comissário não via nenhum.

Mas que motivo teria a sra. Keller, por exemplo, para mandar jogar o marido no Sena? E por quem?

Certa vez em que um homem simplório e sem dinheiro havia sido assassinado em circunstâncias igualmente misteriosas, Maigret dissera ao juiz de instrução:

"– Não se matam pobres-diabos..."

Também não se matam mendigos. Ora, haviam tentado nitidamente dar cabo de François Keller.

Na plataforma do ônibus, Maigret escutava distraidamente as frases cochichadas por dois namorados em pé ao lado dele, quando uma hipótese lhe veio à mente. Fora a expressão "pobre-diabo" que o tinha feito pensar nela.

Assim que chegou ao escritório, ligou para a sra. Keller, que não estava em casa. A empregada o informou de que ela estava almoçando na cidade com uma amiga, mas não sabia em que restaurante.

Então, ele ligou para Jacqueline Rousselet.

– O senhor esteve com mamãe... Ela me telefonou ontem à noite, depois de sua visita. E acaba de me ligar de novo há menos de uma hora. Então é o meu pai mesmo...

– Parece não haver nenhuma dúvida sobre a identidade dele...

– O senhor ainda não tem ideia do motivo do ataque a ele? Não seria um briga?

– Seu pai era brigão?

– Era o homem mais doce da Terra. Pelo menos na época em que vivi com ele; acredito que poderiam bater nele sem que reagisse...

– Está a par dos negócios de sua mãe?

– Que negócios?

– Quando ela se casou, não tinha fortuna nem esperava ter um dia... Seu pai também não... Eu me pergunto se, nesse caso, eles teriam pensado em fazer um contrato de casamento... Caso contrário, eles se casariam em comunhão de bens. De modo que seu pai poderia pedir a metade da fortuna...

– Não é o caso... – respondeu ela sem hesitar.

– Tem certeza?

– Mamãe pode confirmar para o senhor. Quando me casei, isso foi perguntado pelo tabelião... Mamãe e papai se casaram sob o regime de separação de bens...

– Seria indiscrição lhe perguntar o nome de seu tabelião?

– Sr. Prijean, Rue de Bassano...

– Muito obrigado.

– Não quer que eu vá ao hospital?

– A senhora gostaria?

– Não sei bem se minha visita agradaria a meu pai... Ele não disse nada a mamãe. Parece que finge não reconhecê-la.

– De fato, talvez neste momento seja melhor não ir.

Ele precisava ter a ilusão de estar agindo. Assim, procurou o sr. Prijean. Teve que discutir longamente e até ameaçar com uma carta rogatória assinada pelo juiz de instrução, pois o tabelião alegava o segredo profissional para não dizer nada.

– Só lhe peço para me dizer se o sr. e a sra. Keller, de Mulhouse, casaram-se com separação de bens e se o senhor teve o documento em mãos...

Isso terminou com um “sim” bem seco. O telefone foi desligado.

Em suma, François Keller era mesmo um pobre-diabo, sem nenhum direito à fortuna empilhada pelo comerciante de ferro-velho, que coubera afinal a sra. Keller.

O empregado da mesa telefônica ficou bastante surpreso quando o comissário pediu:

– Quero falar com a eclusa de Suresnes.

– A eclusa?

– É. O pessoal lá tem telefone, não tem?

– Claro, chefe.

O chefe da eclusa finalmente estava do outro lado do fio.

– O senhor registra os barcos que passam de um canal a outro, não é? Eu gostaria de saber onde encontrar uma barcaça a motor que deve ter atravessado sua eclusa ontem no final da tarde... Ela tem um nome flamengo... *De Zwarte Zwaan*...

– Sei qual é... Dois irmãos, uma mulher pequena muito loura e um bebê... eles atravessaram a última eclusa e passaram a noite abaixo das portas...

– Tem ideia do lugar onde estão neste momento?

– Espere... Eles têm um bom motor a diesel e aproveitam a corrente, que continua bastante forte...

Ele fazia cálculos, ruminava consigo mesmo nomes de cidades e aldeias.

– Ou muito me engano, ou devem ter percorrido uns cem quilômetros, o que os coloca nas proximidades de Juziers... Em todo caso, há chances de terem ultrapassado Poissy... Isso depende do tempo que esperaram na eclusa de Bougival e na de Carrière...

Alguns instantes depois, o comissário estava na sala dos inspetores.

– Alguém aqui conhece bem o Sena?

Uma voz perguntou:

– Para cima ou para baixo?

– Para baixo... Pelas bandas de Poissy. Provavelmente mais longe...

– Eu! Tenho um barquinho e costumo descer até o Havre todos os anos durante as férias... Conheço melhor ainda os arredores de Poissy, porque é lá que deixo o barco...

Era Neveu, um inspetor de aspecto neutro e pequeno-burguês que Maigret jamais imaginou ser do tipo esportivo.

– Pegue um carro no pátio... Você vai comigo, dirigindo.

O comissário o fez esperar porque Torrence estava entrando para transmitir o resultado de sua investigação.

– O cachorro morreu mesmo na segunda à noite – confirmou ele. – A sra. Guillot até hoje chora quando fala dele. Os dois homens o colocaram na mala do carro para jogá-lo no Sena... No café da Rue de Turenne, lembram deles... Chegaram um pouco antes do café fechar...

– Que horas eram?

– Pouco depois de onze e meia... Uns jogadores de bisca terminavam a partida e o dono esperava para fechar... A sra. Guillot confirmou também, enrubescendo, que seu marido tinha voltado tarde, ela não lembrava a hora, pois tinha dormido, e ele estava meio bêbado... Fez questão de me jurar que não era o hábito dele, que devia ter sido por conta da emoção...

Maigret finalmente se instalou ao lado de Neveu no carro que zarpou em direção à Porte d'Asnières.

– Não se pode seguir o Sena em toda a extensão... – explicou o inspetor. – Tem certeza de que a barca está além de Poissy?

– É o que o responsável pelas eclusas acha...

Na estrada, viam-se carros conversíveis e alguns motoristas tinham o braço em torno da acompanhante. Gente plantava flores em seus jardins. Em algum lugar, uma mulher de azul-claro dava de comer às galinhas.

Com os olhos meio fechados, Maigret quase dormia, aparentemente indiferente à paisagem. Cada vez que via o Sena, Neveu dizia o nome do lugar em que estavam.

Viram também vários barcos que subiam ou desciam calmamente o rio. Aqui, uma mulher lavava sua roupa no convés; ali, outra segurava o leme, com uma criança de três ou quatro anos sentada a seus pés.

O carro parou em Meulan, onde havia diversas barcas atracadas.

– Que nome o senhor disse, chefe?

– *De Zwarte Zwaan*... Significa o cisne negro...

O inspetor saiu do carro, atravessou o cais, entabulou conversa com os barqueiros e Maigret os viu gesticulando de longe..

– Eles passaram por aqui há meia hora – disse Neveu, retomando o volante. – Como estão fazendo dez quilômetros por hora ou mais, não devem estar longe de Juziers...

Foi pouco depois desse lugar, ante a ilha de Montalet, que avistaram a barcaça belga descendo a corrente.

Eles a ultrapassaram uns duzentos ou trezentos metros e Maigret foi para a margem. Ali, sem medo do ridículo, pôs-se a gesticular.

Quem estava ao leme era Hubert, o mais jovem dos irmãos, com um cigarro na boca. Ele reconheceu o comissário, debruçou-se acima da escotilha e diminuiu a velocidade do motor. Um instante depois, o alto e magro Jef Van Houtte aparecia no convés; primeiro sua cabeça, depois o torso e finalmente todo o seu corpo alto e desengonçado.

– Preciso falar com vocês... – gritou o comissário, com as mãos em concha em torno da boca.

Jef lhe fez sinal de que não escutava nada devido ao motor. Maigret tentou explicar-lhe que precisava parar.

Estavam em pleno campo. A cerca de um quilômetro, viam-se telhados vermelhos e cinzentos, paredes brancas, uma bomba de gasolina, a tabuleta dourada de um albergue.

Hubert Van Houtte pôs o motor em marcha à ré. A moça, por sua vez, meteu a cabeça pela escotilha; provavelmente para perguntar ao marido o que estava acontecendo.

A manobra foi bastante confusa. À distância, dava a impressão de que os dois homens não se entendiam. Jef, o mais velho, indicava a aldeia, como se mandasse o irmão ir para lá, enquanto Hubert, ao leme, já se aproximava da margem.

Sem alternativa, Jef acabou lançando uma amarra que o inspetor Neveu sentiu-se orgulhoso de pegar como um velho marinheiro. Havia na margem duas abitas de amarração e, alguns minutos depois, a barcaça imobilizava-se na corrente.

– O que o senhor quer agora? – gritou Jef, parecendo irritado.

Havia vários metros de distância entre a margem e a barca, e Jef não fazia menção de colocar a passarela.

– O senhor acha que esse é o modo certo de parar um barco? É o modo certo de provocar um acidente, isso sim...

– Preciso falar com o senhor – disse Maigret.

– Já falou comigo à vontade em Paris... Não tenho mais nada a lhe dizer...

– Neste caso, vou ser obrigado a convocar o senhor à Polícia Judiciária...

– Mas o que é isso? Não posso voltar a Paris sem desembarcar as ardósias...

Mais conciliador, Hubert fez um sinal ao irmão para que se acalmasse. Foi ele quem lançou a passarela para a margem, atravessando-a como um acrobata para fixá-la.

– Não leve a mal, comissário. É verdade o que ele está dizendo... Não se para um barco em qualquer lugar...

Maigret subiu a bordo bastante embaraçado, no fundo, pois não sabia bem que perguntas fazer. Além disso, achava-se em Seine-et-Oise; pelo regulamento, cabia à polícia de Versalhes interrogar os flamengos por carta rogatória.

– Vai nos reter muito tempo?

– Não sei.

– Porque não vamos passar a noite aqui, o senhor sabe. Ainda temos tempo de chegar em Mantes antes do pôr do sol...

– Então continue...

– O senhor quer vir conosco?

– Por que não?

– Nunca se viu isso antes, não é?

– Ouviu, Neveu? Continue de carro até Mantes...

– O que me diz disso, Hubert?

– Não há nada a fazer, Jef. Com a polícia não adianta espernear.

A cabeça loura da moça continuava a ser vista acompanhando a linha do convés. Embaixo, chegava até Maigret um balbuciar de criança. Como na véspera, subia do alojamento um cheiro bom de comida.

A prancha que servia de passarela foi retirada. Antes de entrar no carro, Neveu soltou as amarras, que arrancaram do rio feixes luminosos.

– Já que o senhor ainda tem perguntas a fazer, pode falar.

Ouvia-se o arquejar do motor e o ruído da água deslizando sob o casco.

Em pé à popa da barcaça, Maigret enchia lentamente o cachimbo e perguntava a si mesmo o que ia dizer.

CAPÍTULO VI

– ONTEM VOCÊ ME DISSE que o carro era vermelho, não é?

– Sim, senhor (ele pronunciava sinhô, como alguém do campo). Era tão vermelho quanto aquela bandeira ali...

Apontou para a bandeira belga, preta, amarela e vermelha, que tremulava na popa do barco.

Hubert estava ao leme e a moça loura tinha se juntado à criança na cabine. Jef, no entanto, parecia dividido por dois sentimentos contrários. Por um lado, a hospitalidade flamenga dizia-lhe para acolher bem o comissário, como se deve receber uma visita em casa. Até mesmo lhe oferecer um copinho de genebra. Por outro lado, ainda estava aborrecido com a parada em pleno campo e considerava esse novo interrogatório um atentado à sua dignidade.

Com um olhar sonso, observava o intruso de terno e chapéu preto, roupas que destoavam do barco.

Maigret também não estava inteiramente à vontade e continuava se perguntando como abordar seu difícil interlocutor. Tinha grande experiência com esses homens simples, pouco inteligentes, que acham sempre que os outros querem se aproveitar de sua ingenuidade e que se tornam agressivos devido à própria desconfiança, ou que se trancam num mutismo teimoso.

Não era a primeira vez que o comissário fazia uma investigação a bordo de uma barca, embora isso não lhe acontecesse há muito tempo. Lembrava-se sobretudo do que se chamava no passado um barco-estrebaria, puxado ao longo dos canais por um cavalo que à noite subia a bordo com o seu condutor.

Tais barcos eram de madeira e tinham um cheiro bom da resina com que eram periodicamente besuntados. Seu interior, gracioso, tinha um certo ar de cabana de subúrbio.

Aqui, através da porta aberta, Maigret podia ver uma decoração mais burguesa, móveis de carvalho maciço, tapetes, jarros sobre panos bordados e uma quantidade de objetos de cobre cintilantes.

– Onde é que você estava quando ouviu o barulho no cais? Estava trabalhando no motor?

Os olhos claros de Jef fixavam-se no comissário. O barqueiro dava a impressão de ainda hesitar sobre a atitude certa a tomar e de lutar contra a raiva.

– Ouça... Ontem de manhã, o senhor estava lá quando o juiz me fez todas aquelas perguntas... O senhor mesmo me fez várias... E o homenzinho que acompanhava o juiz escreveu tudo... À tarde, ele me trouxe a declaração para assinar... Não foi?

– Exatamente.

– Agora o senhor vem me perguntar a mesma coisa... Isso não está certo... Porque, se eu me enganar, o senhor vai pensar que eu menti. Não sou intelectual, quase não fui à escola. Hubert também não. Mas somos trabalhadores, e Anneke também é uma mulher que trabalha...

– Quero apenas verificar...

– Verificar coisa nenhuma... Eu estava quieto no meu barco como o senhor fica na sua casa. Jogaram um homem na água e fui correndo tentar salvá-lo... Não peço uma recompensa nem cumprimentos... Mas isso não é motivo para virem me chatear com perguntas... É isso que eu acho, senhor...

– Nós encontramos os dois homens do carro vermelho...

Teria Jef se tornado mais sombrio ou era só uma impressão de Maigret?

– Ótimo. É só o senhor perguntar a eles.

– Eles dizem que não era meia-noite, mas sim onze e meia quando foram de carro até a margem...

– Pode ser que o relógio deles tivesse atrasado, não é?

– Nós verificamos o depoimento... Eles foram a um café da Rue de Turenne e chegaram lá vinte para a meia-noite...

Jef olhou para o irmão, que se virara bruscamente para ele.

– Podemos sentar lá dentro?

A cabine, bem grande, servia ao mesmo tempo de cozinha e de sala de jantar, e um ragu cozinhava aos poucos numa frigideira de esmalte branco. A sra. Van Houtte, que dava de mamar ao bebê, entrou rapidamente num quarto de dormir. O comissário conseguiu ver uma cama coberta com uma colcha.

– Pode sentar.

Sempre hesitante, como de má vontade, Jef pegou dois copos de fundo grosso no bufê de portas de vitrais e um pequeno jarro de genebra de arenito marrom.

Pelas janelas quadradas, viam-se as árvores da margem, às vezes o telhado vermelho de uma vila. Houve um silêncio bastante longo durante o qual Jef continuou em pé, com o copo na mão. Bebeu de um gole só, conservando a bebida algum tempo na boca antes de engolir.

– Ele morreu? – perguntou afinal.

– Não. Mas recuperou a consciência.

– E o que disse?

Foi a vez de Maigret não responder. Olhava as cortinas bordadas das janelas, os vasos de porcelana de onde saíam plantas verdes, uma fotografia de moldura dourada na parede, mostrando um homem gordo de certa idade, de malha e casquete de barqueiro.

Era um personagem como se vê frequentemente nos barcos, rechonchudo, ombros enormes, com um bigode de foca.

– Seu pai?

– Não... O pai de Anneke...

– Seu pai também era barqueiro?

– Não, era estivador em Anvers... E isso, como o senhor sabe, não é profissão de cristão...

– É por isso que você se tornou barqueiro?

– Comecei a trabalhar nas barcaças aos treze anos e ninguém jamais se queixou de mim...

– Ontem à noite...

Maigret achava que o tinha amaciado com perguntas indiretas, mas o homem sacudiu a cabeça.

– Eu não estou brincando... O senhor só precisa reler o papel...

– E se eu descobrir que suas declarações não são exatas?

– Então faça o que quiser.

– Você viu os dois homens do carro saírem debaixo da Pont Marie?

– Leia o papel...

– Eles dizem que não passaram pela sua barca...

– Todo mundo pode dizer o que quiser, não é?

– Também dizem que não viram ninguém no cais e que se limitaram a jogar um cachorro morto no Sena...

– Não é culpa minha se eles chamam aquilo de cachorro...

A moça voltou sem a criança, que ela devia ter posto para dormir. Disse algumas palavras em flamengo ao marido, que aprovou. Ela começou então a fazer a sopa.

O barco diminuiu de velocidade. Maigret se perguntava se já tinham chegado, mas pela janela não tardou a ver um rebocador e depois três barcaças que subiam pesadamente a corrente. Passaram debaixo de uma ponte.

– O barco é seu?

– É meu e de Anneke, sim...

– Seu irmão não é proprietário também?

– O que quer dizer?

– Ele não tem uma parte do barco?

– Não. O barco é meu e de Anneke.

– Então seu irmão é empregado de vocês?

– É.

Maigret ia se habituando ao sotaque flamengo do barqueiro, às suas frases secas, a seus repetidos "não é?". Pelos olhares da moça, via-se que ela só compreendia algumas palavras de francês e que se perguntava o que os homens estariam dizendo.

– Há muito tempo?

– Uns dois anos...

– Antes ele trabalhava em outro barco? Na França?

– Ele trabalhava na Bélgica e na França, como nós... Isso depende das cargas...

– Por que o chamou para trabalhar com você?

– Porque eu precisava de alguém... É um barco grande, não é?

– E antes?

– Antes de quê?

– Antes de ter chamado o seu irmão?

Maigret avançava lentamente, procurando as perguntas mais inocentes a fim de evitar que o interlocutor se encrespasse de novo.

– Não entendo.

– Havia outra pessoa para ajudá-lo?

– Claro.

Antes de responder, deu uma olhadela para a mulher, como para certificar-se de que ela não entendera.

– Quem era?

– Eu mesmo – declarou.

– Você era o marinheiro?

– O mecânico.

– Quem era o dono?

– Eu me pergunto se o senhor tem mesmo o direito de me fazer todas essas perguntas... A vida privada é privada... E eu sou belga, senhor...

À medida que ficava nervoso, seu sotaque tornava-se mais forte.

– De qualquer modo, isso não são maneiras... Meus negócios são da minha conta, e não é porque sou flamengo que vão brincar com as minhas coisas...

Maigret levou alguns instantes para entender a expressão e não pôde evitar um sorriso.

– Posso voltar com um tradutor e interrogar sua mulher...

– Não vou permitir que aborreçam Anneke.

– Mas vai ser preciso, se eu trouxer um papel do juiz... Eu me pergunto se não seria mais simples levar vocês três para Paris.

– E o barco? Isso, tenho certeza que o senhor não tem o direito de fazer.

– Por que não me responde simplesmente?

Van Houtte abaixou um pouco a cabeça, lançando um olhar de baixo para cima a Maigret, como um colegial que planeja algo mau.

– Porque são coisas minhas...

Até ali ele estava certo. Maigret não tinha nenhum motivo sério para intimidá-lo assim. Seguia sua intuição. Subindo a bordo perto de Juziers, o comissário ficara surpreso com a atitude do barqueiro.

Não era exatamente o mesmo homem de Paris. Jef ficara surpreso de ver o comissário e sua reação fora emocional. A partir dali se tornara cheio de suspeita, voltara-se para si mesmo, sem aquele brilho no olhar, uma espécie de humor que mostrara no Port des Célestins.

– Quer que eu leve vocês?

– O senhor precisa ter um motivo... Há leis...

– O motivo é que você se recusa a responder perguntas de simples rotina...

O ruído arfante do motor continuava. A pouca distância viam-se as longas pernas de Hubert em pé perto do leme.

– Porque o senhor está tentando me enrolar...

– De modo nenhum, quero apenas descobrir a verdade...

– Que verdade?

Ele avançava, recuava, ora certo de seus direitos, ora visivelmente inquieto.

– Quando comprou este barco?

– Não comprei.

– Mas ele lhe pertence.

– Ele me pertence sim, e à minha mulher também.

– Enfim, foi casando com ela que você se tornou dono dele? O barco era dela?

– E o que isso tem de esquisito? Somos casados legitimamente, diante do prefeito e do cura...

– Até então, era o pai dela que pilotava o *De Zwarte Zwaan*?

– Sim. Era o velho Willems...

– Ele não tinha outros filhos?

– Não, senhor.

– O que aconteceu à mulher de Willems?

– Ela morreu há um ano.

– Você já estava a bordo?

– Já.

– Há quanto tempo?

– Willems me contratou quando a mulher dele morreu... Foi em Audenarde...

– Você trabalhava em outro barco?

– Sim... No *Drie Gebrouders*...

– Por que mudou?

– Porque o *Drie Gebrouders* era uma barca velha que quase nunca vinha à França e transportava principalmente carvão...

– Você não gosta de transportar carvão?

– É sujo, não é?

– Então você está a mais ou menos três anos neste barco... Que idade tinha Anneke naquela época?

Ouvindo seu nome, ela os olhou curiosamente.

– Dezoito, não é?...

– A mãe dela tinha acabado de morrer.

– Sim. Em Audenarde, já lhe disse...

Jef escutava o ruído do motor, olhava a margem, ia dizer algumas palavras ao irmão, que diminuíra a velocidade para passar sob uma ponte ferroviária.

Pacientemente, Maigret retomava o fio da meada, esforçando-se para seguir um fio muito tênue.

– Até essa época, ele tomava conta do barco com a família... Depois que a mãe morreu, precisaram de alguém... É isso?

– Isso mesmo.

– Você cuidava do motor?

– Do motor e do resto... A bordo, a gente precisa fazer de tudo...

– Você se apaixonou logo por Anneke?

– Isso, comissário, é uma pergunta pessoal, não é? É da minha conta e da dela...

– Quando se casaram?

– Vai fazer dois anos no próximo mês.

– Quando Willems morreu? É ele no retrato da parede?

– É.

– Quando morreu?

– Seis semanas antes do nosso casamento...

Maigret tinha cada vez mais a impressão de que avançava numa lentidão desanimadora e armava-se de paciência, fazendo rodeios, em círculos cada vez mais apertados para não assustar o flamengo.

– Os banhos já haviam sido publicados quando Willems morreu?

– Em nosso país, os banhos são publicados três semanas antes do casamento. Não sei como é na França...

– Mas o casamento estava previsto?

– Estava previsto, já que nos casamos.

– Quer perguntar à sua mulher?

– Por que eu perguntaria isso a ela?

– Senão serei obrigado a fazer a pergunta através de um intérprete...

– Muito bem...

Ele ia dizer, "Então faça isso!"

E Maigret ficaria bastante embaraçado. Estavam em Seine-et-Oise, onde o comissário não tinha nenhum direito de fazer esse interrogatório.

Por sorte, Van Houtte conteve-se e falou com a mulher em sua língua. Esta enrubesceu, surpresa, olhou o marido, depois o visitante, e disse algo acompanhado de um leve sorriso.

– Pode traduzir?

– Bem, ela disse que a gente se amava há muito tempo...

– Já há quase um ano nessa época?

– Foi quase imediato.

– Em suma, isso começou desde que você veio para o barco?

– Que...

Maigret o interrompeu.

– Eu me pergunto se Willems estava a par...

Jef não respondeu.

– Acho que no início vocês, como todos os apaixonados, se escondiam dele?

Mais uma vez, o barqueiro olhou para fora.

– Agora estamos chegando... Meu irmão precisa de mim na ponte...

Maigret o seguiu. De fato, percebia-se o cais de Mantes-la-Jolie, a ponte, uma dúzia de barcaças atracadas no porto fluvial.

O motor rodava mais lentamente. Quando o puseram em marcha à ré, formaram-se grandes bolhas à volta do leme. Pessoas os olhavam dos outros barcos, e foi um garoto de uns doze anos que amarrou a corda do barco.

Era evidente que a presença de Maigret, de terno e com um chapéu debruado, provocava curiosidade.

De uma das barcaças, alguém falou com Jef em flamengo. Ele respondeu da mesma forma, enquanto continuava a manobrar o barco atentamente.

No cais, o inspetor Neveu esperava em pé, com um cigarro na boca, ao lado do pequeno carro preto não muito distante de uma enorme pilha de tijolos.

– Espero que o senhor nos deixe em paz agora. É a hora da sopa. Gente como nós levanta às cinco da manhã.

– Você não respondeu à minha pergunta.

– Que pergunta?

– Você não disse se Willems sabia de suas relações com a filha dele.

– Eu casei com ela ou não?

– Casou com ela depois que ele morreu...

– A culpa é minha se ele morreu?

– Ele ficou muito tempo doente?

Estavam de novo na popa do barco, e Hubert os escutava franzindo a testa.

– Ele nunca ficou doente em toda a vida, a menos que fosse a doença de ficar bêbado todas as noites...

Talvez Maigret se enganasse, mas Hubert pareceu-lhe surpreso com o rumo da conversa e olhava o irmão com uma expressão estranha.

– Ele morreu de *delirium tremens*?

– O que é isso?

– É como a maioria dos bêbados morrem. Eles têm uma crise que...

– Ele não teve crise... Estava tão bêbado que caiu...

– Na água?

Jef parecia não gostar da presença do irmão, que continuava escutando a conversa.

– É, na água.

– Isso aconteceu na França?

Ele concordou com a cabeça.

– Em Paris?

– Era em Paris que ele mais bebia...

– Por quê?

– Porque lá tornava a encontrar uma mulher, não sei quem, e os dois passavam parte da noite se embebedando...

– Você conhece essa mulher?

– Não sei o nome dela.

– Nem onde mora?

– Não.

– Mas você a viu com ela?

– Eu encontrei com eles. E uma vez vi que entravam num hotel. Não vale a pena contar isso a Anneke...

– Ela não sabe como o pai morreu?

– Sabe, mas nunca ninguém lhe falou dessa mulher...

– Você a reconheceria?

– Pode ser... Não tenho certeza...

– Ela estava com ele no momento do acidente?

– Não sei.

– Como aconteceu a coisa?

– Não posso lhe dizer, eu não assisti.

– Onde é que você estava?

– Na minha cama...

– E Anneke?

– Na cama dela.

– Que horas eram?

Ele respondeu de má vontade:

– Passava das duas da manhã...

– Willems costumava voltar tão tarde?

– Em Paris, sim, por causa dessa mulher...

– O que aconteceu?

– Já disse. Ele caiu.

– Atravessando a passarela?

– Acho que sim.

– Foi no verão?

– Em dezembro.

– Você escutou o barulho da queda?

– Ouvi o barulho contra o casco.

– E gritos?

– Ele não gritou.

– Você correu para ajudá-lo?

– Claro.

– Sem se vestir?

– Botei a calça.

– Anneke também ouviu o barulho?

– Logo, não... Ela acordou quando eu subi ao convés...

– Quando você subiu ou quando já estava ali?

O olhar de Jef foi quase de ódio.

– Pergunte a ela... Se o senhor acha que eu me lembro...

– Você viu Willems na água?

– Não vi coisa alguma... Só ouvi um barulho...

– Ele não sabia nadar?

– Sabia. Na certa, não conseguiu.

– Você pulou na barca, como na segunda-feira à noite?

– Sim, senhor.

– Ele estava morto quando você o trouxe?

– Eu ainda não sabia que ele estava morto. Só sei que estava roxo...

– Veio um médico, a polícia?

– Sim. Quer perguntar mais alguma coisa?

– Onde aconteceu isso?

– Em Paris, já disse.

– Em que lugar de Paris?

– Tínhamos recebido uma carga de vinho em Mâcon e a desembarcamos no Quai de la Rapée...

Maigret conseguiu não demonstrar nenhuma surpresa, nenhuma satisfação. Parece que se tornara de repente mais bonachão, como se seus nervos relaxassem.

– Acho que estou quase acabando... Willems se afogou uma noite no Quai de la Rapée, enquanto vocês dormiam a bordo e a filha dele dormia de outro lado... É isso?

Jef pestanejou.

– Cerca de um mês depois, você casou com Anneke.

– Não seria direito a gente viver a bordo sem casar...

– Quando você chamou seu irmão para ajudar no barco?

– Logo... Três ou quatro dias depois...

– Depois do seu casamento?

– Não. Depois do acidente.

O sol havia desaparecido por trás dos tetos cor-de-rosa, mas ainda estava claro, uma claridade um pouco irreal, inquietante.

Perto do leme, imóvel, Hubert parecia pensativo.

– Você sabe de alguma coisa?

– De quê?

– Do que aconteceu na segunda à noite?

– Eu tinha ido dançar na Rue de Lappe...

– E sobre a morte de Willems?

– Eu estava na Bélgica quando recebi o telegrama...

– Então, acabou? – impacientou-se Jef Van Houtte. – Vamos poder jantar?

Muito calmo, Maigret respondeu num tom distante.

– Acho que não.

Isso produziu um choque. Hubert ergueu a cabeça vivamente e olhou para o irmão. Mais agressivo do que nunca, Jef perguntou:

– E quer me dizer por que não?

– Porque pretendo levá-lo a Paris.

– O senhor não tem o direito de fazer isso...

– Dentro de uma hora, posso fazer com que me tragam um mandado assinado pelo juiz de instrução...

– E por quê, ora bolas?

– Para continuar este interrogatório em outro lugar...

– Já disse o que eu tinha a dizer.

– E também para confrontar você com o mendigo que, na segunda à noite, você retirou do Sena...

Jef virou-se para o irmão como se pedisse sua ajuda.

– Você acha, Hubert, que o comissário tem o direito...

Mas Hubert calava-se.

– O senhor quer que eu entre no seu carro?

Ele tinha reconhecido o carro no cais, perto de Neveu, e o apontava.

– E quando é que vou poder voltar para o barco?

– Talvez amanhã...

– E se não for amanhã?

– Nesse caso, pode ser que você nunca mais volte para cá.

– Como?

Jef fechou os punhos, e por um momento Maigret achou que o barqueiro ia avançar contra ele.

– E minha mulher? E minha filha? Que histórias o senhor está inventando? Mas vou lhe avisar que o cônsul do meu país...

– Está no seu direito.

– O senhor está brincando, não é?

Ele ainda não conseguia acreditar.

– Não se pode vir ao barco de um homem e prendê-lo sem que ele tenha feito nada...

– Não estou prendendo você...

– Como se chama isso, pode me dizer?

– Vou levá-lo a Paris para confrontá-lo com uma testemunha que não pode ser transportada.

– Eu nem conheço aquele homem... Tirei ele da água porque estava pedindo socorro... Se eu soubesse...

Sua mulher apareceu e lhe perguntou alguma coisa em flamengo. Ele respondeu com muitas palavras. Ela olhou os três homens, cada um por sua vez, depois falou novamente. Maigret apostava que ela estava aconselhando o marido a acompanhar o comissário.

– Onde é que eu vou dormir?

– No Quai des Orfèvres vão lhe dar uma cama...

– Na prisão?

– Não. Na Polícia Judiciária.

– Será que posso pelo menos mudar de roupa?

O comissário lhe deu permissão e ele desapareceu com a mulher. Sozinho em companhia de Maigret, Hubert não dizia nada, contemplando vagamente os pedestres e os carros na margem. Maigret também permanecia em silêncio, esgotado por esse interrogatório aos trancos durante o qual, muitas vezes, achou que não chegaria à parte alguma.

Foi Hubert quem falou primeiro, num tom conciliador.

– Não dê atenção a ele, comissário... É estourado, mas não é mau...

– Willems sabia das relações da filha com Jef?

– A bordo de um barco, não é fácil se esconder...

– Você acha que o casamento agradava a Willems?

– Eu não estava aqui.

– Acha que ele caiu na água bêbado, atravessando a passarela à noite?

– Isso acontece bastante, sabe? Muitos barqueiros morrem assim...

No interior do barco, discutia-se em flamengo; a voz de Anneke era suplicante e a do marido encolerizada. Estaria ele ameaçando novamente não acompanhar o comissário?

Ela ganhou, pois Jef reapareceu no convés, os cabelos bem penteados ainda úmidos. Vestia uma camisa branca que destacava sua pele queimada, um terno azul quase novo, gravata de listas e sapatos pretos, como se fosse à missa de domingo.

O comissário abriu a porta do carro, enquanto Neveu os observava com espanto.

– Para onde, chefe?

– Quai des Orfèvres.

Terminaram o trajeto no escuro, os faróis iluminando ora as árvores, ora as casas de uma aldeia, e finalmente as ruas cinzentas da grande periferia.

Maigret não dizia uma palavra e fumava o cachimbo num canto. Jef Van Houtte também não abria a boca e Neveu, impressionado com o silêncio pouco habitual, perguntava-se o que estaria acontecendo.

– Conseguiu, chefe? – arriscou-se finalmente a dizer.

Não recebendo resposta, contentou-se dali por diante em dirigir.

Eram oito horas da noite quando entraram no pátio da P.J. Poucas janelas ainda estavam iluminadas, mas o velho Joseph continuava em seu posto.

Na sala dos inspetores, havia apenas três ou quatro homens, entre os quais Lapointe que datilografava algo.

– Manda subir sanduíches e cerveja...

– Para quantas pessoas?

– Duas. Não, três, pois talvez eu vá precisar de você... Está livre?

– Sim, chefe.

No meio da sala de Maigret, o barqueiro parecia maior, mais magro, de traços mais pronunciados.

– Pode sentar, senhor Van Houtte.

O "senhor" fez Jef franzir as sobrancelhas, pois sentiu aquilo como uma ameaça.

– Vão nos trazer sanduíches...

– E quando é que vou ver o cônsul?

– Amanhã de manhã...

Sentado em sua sala, Maigret ligou para a mulher.

– Não vou jantar. Não... É possível que eu fique aqui parte da noite...

Apesar da vontade de fazer um monte de perguntas, a sra. Maigret contentou-se com uma só, sabendo do interesse do marido pelo mendigo.

– Ele não morreu?

– Não.

Ela não lhe perguntou se prendera alguém. Quando ele telefonava de sua sala avisando que ia ficar ali parte da noite, significava que havia um interrogatório em andamento ou prestes a começar.

– Boa noite...

O comissário encarou Jef com ar aborrecido.

– Sente, por favor...

Ver aquele grande corpo imóvel no meio da sala constrangia Maigret.

– E se eu não quiser sentar? Tenho direito de ficar em pé, não é?

Maigret contentou-se em suspirar e esperar pacientemente o garçom da Brasserie Dauphine trazer a cerveja e os sanduíches.

CAPÍTULO VII

Noites como essas acabavam em confissão oito em cada dez vezes e tinham finalmente adquirido suas próprias regras, até mesmo suas tradições, como as peças de teatro que são representadas centenas de vezes.

Os inspetores de plantão nos diferentes serviços haviam entendido imediatamente o que ocorria, assim como o garçom da Brasserie Dauphine que trouxera os sanduíches e a cerveja.

O mau humor e a cólera mais ou menos contida não impediram o flamengo de comer com apetite, nem de esvaziar seu primeiro copo de cerveja de um só gole, sem parar de olhar Maigret com o canto do olho.

De propósito ou como protesto, comia sem educação, mastigando com ruído, a boca aberta, cuspindo no chão um pequeno pedaço duro de presunto como o teria cuspido na água.

Aparentemente calmo e benévolo, o comissário fingia não perceber essas provocações e o deixava andar de um lado para o outro na sala como um animal numa jaula.

Estaria certo ou errado? Numa investigação, geralmente o mais difícil é saber em que momento arriscar a grande jogada, pois não há regras estabelecidas. A coisa não depende de tal ou tal elemento, é apenas uma questão de intuição.

Já lhe ocorrera atacar sem nenhum indício sério e ter êxito em algumas horas. Outras vezes, porém, com todos os trunfos e uma dúzia de testemunhas, precisara da noite inteira.

Era importante também encontrar o tom, diferente com cada interlocutor; era o tom certo que ele buscava ao acabar de comer, observando o barqueiro.

– Quer mais sanduíche?

– Quero é voltar para o meu barco e para a minha mulher!

Ele acabaria parando de andar em círculos e sentando. Com aquele homem não adiantava agir bruscamente. O método com ele era sem dúvida o da "cantilena": começar docemente, sem acusá-lo; fazê-lo admitir uma primeira contradição pouco importante, depois outra, uma falta não muito grave a fim de ligá-lo pouco a pouco à engrenagem.

Os dois homens estavam sozinhos. Maigret encarregara Lapointe de uma tarefa.

– Escute, Van Houtte...

– Estou escutando o senhor há dez horas, não é?

– Se está durando tanto tempo talvez seja porque você não me responde com franqueza...

– Vai me chamar de mentiroso, é?

– Não estou acusando você de mentir, mas de não me dizer tudo...

– E se eu começasse a lhe perguntar sobre sua mulher, seus filhos...

– Você deve ter tido uma infância difícil... Sua mãe cuidava bem de você?

– Agora é a minha mãe? Fique sabendo que ela morreu quando eu só tinha cinco anos... E que era uma mulher honesta, uma santa mulher que, se estiver me olhando do céu neste momento...

Grave, Maigret continuava imóvel.

– Seu pai casou de novo?

– Meu pai era diferente... Bebia demais...

– Com que idade você começou a ganhar a vida?

– Embarquei com treze anos, já lhe disse...

– Tem outros irmãos além de Hubert? Uma irmã?

– Uma irmã. E daí?

– Nada. Estamos nos conhecendo...

– Então, se é para nos conhecermos, eu também devia lhe fazer perguntas...

– Não vejo inconveniente.

– Diz isso porque está na sua sala e se acha todo-poderoso...

Desde o início, Maigret sabia que o caso seria difícil e tomaria muito tempo, porque Van Houtte não era inteligente. Invariavelmente, era com os imbecis que o comissário se dava mal; os imbecis se trancam, recusam-se a responder, não hesitam em negar o que afirmaram uma hora atrás nem se perturbam quando os outros apontam suas contradições.

Com um suspeito inteligente, só era preciso descobrir a falha em seu raciocínio, em seu sistema, para que tudo logo desmoronasse.

– Acho que estou certo em considerá-lo um trabalhador...

Um olhar de lado, cheio de desconfiança.

– Sempre dei muito duro...

– Alguns patrões devem ter abusado de sua boa vontade e juventude... Um dia, você encontrou Louis Willems, que bebia como o seu pai...

Imóvel no meio da sala, Jef o encarava como um animal farejando o perigo, mas que ainda se pergunta como vão atacá-lo.

– Estou convencido de que, sem Anneke, você não teria ficado no *Zwarte Zwaan*, teria mudado de barco...

– A sra. Willems também era uma boa mulher...

– Não era nem orgulhosa nem autoritária como o marido...

– Quem lhe disse que ele era orgulhoso?

– Não era?

– Ele era o *boss*, o patrão, e fazia questão que todos soubessem disso...

– Aposto que, se a sra. Willems estivesse viva, não teria se oposto a que você casasse com a filha dela...

Talvez Jef fosse um imbecil, mas tinha um instinto de fera e, dessa vez, Maigret tinha ido rápido demais.

– Sua história é essa, não é? Eu também posso inventar histórias!

– Imagino que essa seja a sua história, se não estou enganado.

– E azar o meu se o senhor se enganar e me botar na prisão...

– Deixe-me terminar... Você teve uma infância difícil. Ainda muito jovem, começou a trabalhar tão pesado quanto um homem... Depois, encontrou Anneke, e ela o olhou de modo diferente do que o tinham olhado até então. Ela não o tratou como alguém que está ali para fazer todas as tarefas penosas e para receber descomposturas, mas como um ser humano... É natural que você passasse a amá-la... Sem dúvida, a mãe dela, se estivesse viva, teria apoiado o namoro...

Ufa! O homem se sentara; não ainda numa cadeira, mas no braço de uma poltrona, o que já era um progresso.

– E daí? É uma bonita história, sabe...

– Infelizmente, a sra. Willems morreu. Você estava sozinho a bordo com o marido dela e Anneke, em contato com ela o dia inteiro. E aposto que Willems vigiava vocês...

– É o senhor que está dizendo isso...

– Dono de um belo barco, ele não ia querer que a filha casasse com um rapaz sem um tostão... Quando ele bebia, à noite, ficava desagradável, brutal...

Maigret recuperou a prudência, sem parar de observar Jef.

– O senhor acha que eu ia deixar um homem levantar a mão contra mim?

– Tenho certeza de que não... Só que não era contra você que ele levantava a mão, era contra a filha... Eu me pergunto se ele não surpreendeu vocês dois...

Era melhor deixar passar alguns instantes. O silêncio tornou-se pesado, enquanto o cachimbo de Maigret fumegava docemente.

– Você me forneceu um detalhe interessante... Willems saía à noite principalmente em Paris, porque ia encontrar uma amiga e se embebedava com ela.

"Em qualquer outro lugar, ele bebia a bordo ou num botequim perto do cais. Como todos os barqueiros, segundo você, levantam antes do nascer do sol, ele devia se deitar cedo...

"Em Paris, você e Anneke tiveram chance de ficar sozinhos..."

Ouviram passos e vozes na sala vizinha. Lapointe abriu a porta.

– Está tudo feito, chefe.

– Até logo...

E a "cantilena" continuava na sala agora cheia de fumaça.

– É possível que, uma noite, Willems tenha voltado mais cedo que de costume e tenha encontrado vocês dois juntos. Se foi isso que aconteceu, ele certamente ficou furioso. Seus ataques de fúria deviam ser terríveis... Talvez tenha posto você para fora... talvez tenha batido na filha...

– É a sua história... – repetiu Jef num tom irônico.

– É a história que eu escolheria se estivesse em seu lugar... Porque, nesse caso, a morte de Willems se tornaria quase um acidente...

– Foi um acidente...

– Eu disse quase... Eu nem acho que você o empurrou para dentro d'água... Ele estava bêbado... andava em ziguezague... Será que chovia naquela noite?

– Sim...

– Viu?! A prancha estava escorregadia... A falta que você cometeu foi de não ter lhe dado socorro imediato... A menos que seja um pouco mais grave, que você o tenha empurrado... Isso aconteceu há dois anos e o relatório da polícia faz menção a um acidente, não a um assassinato...

– Então? Por que o senhor teima em me acusar disso?

– Só estou tentando explicar... Imagine se naquele momento alguém viu você empurrar Willems na água... Alguém que estava no cais, alguém que você não via. Ele poderia contar à polícia que você ficou no convés da barca bastante tempo antes de socorrer o patrão a fim de dar tempo a ele de morrer...

– E Anneke? Ela também estava olhando sem dizer nada?

– Às duas horas da manhã, é provável que ela estivesse dormindo... De qualquer modo, o homem que viu você, e que dormia nessa época debaixo da Pont de Bercy, não contou nada à polícia...

“Os mendigos não gostam muito de se meter na vida dos outros... Eles não veem o mundo como nós e têm sua própria ideia de justiça...

“Você pôde casar com Anneke. E como era preciso alguém para ajudá-lo no barco, você chamou seu irmão da Bélgica... Finalmente estava feliz.. Tinha se tornado o *boss*, como diz...

“A partir dali, vocês passaram várias vezes por Paris, e aposto que evitaram atracar perto da Pont de Bercy...”

– Não! Eu atraquei ali pelo menos três vezes...

– Porque o mendigo não estava mais lá. Os mendigos também se mudam, e o seu tinha se instalado debaixo da Pont Marie.

“Na segunda-feira, ele reconheceu o *Zwarte Zwaan*... Reconheceu você... Eu me pergunto...”

A expressão de Maigret era de quem seguia uma ideia nova.

– O que o senhor se pergunta?

– Se no Quai de la Rapée, quando Willems foi retirado da água, você não o viu... Sim... Foi quase inevitável vê-lo... Ele se aproximou, mas não disse nada...

"Na segunda-feira, quando ele se pôs a andar à volta do seu barco, você percebeu que ele podia falar... Talvez tenha até ameaçado falar..."

Maigret não acreditava nisso. Não era o gênero de Toubib. Porém, no momento, aquele toque era necessário à história.

– Você ficou com medo... Pensou que o que acontecera a Willems podia acontecer à outra pessoa, quase da mesma maneira...

– E joguei ele na água, é?

– Talvez o tenha empurrado.

Mais uma vez Jef estava em pé, mais calmo do que antes. E mais duro.

– Não, o senhor jamais me fará confessar semelhante coisa. Isso não é verdade...

– Então, se me enganei em algum detalhe, me conte...

– Eu já lhe disse.

– O quê?

– Já foi escrito pelo sujeito que acompanhava o juiz.

– Você declarou que por volta da meia-noite ouviu um barulho...

– Se eu disse, é verdade.

– Acrescentou que dois homens, um deles de impermeável claro, surgiram naquele momento de baixo da Pont Marie e se dirigiram para um carro vermelho...

– Era vermelho.

– E passaram por sua barca.

Van Houtte não se mexeu. Maigret dirigiu-se à porta e a entreabriu.

– Entrem, senhores.

Lapointe tinha ido buscar o agente de seguros e seu amigo gago na casa deles. Encontrara-os jogando bisca com a sra. Guillot, e eles o haviam acompanhado sem protestar. Guillot usava o mesmo impermeável amarelado que na segunda à noite.

– São esses os dois homens que estavam no carro vermelho?

– Ver gente à noite, num cais mal iluminado, não é o mesmo que ver gente numa sala...

– Eles correspondem à descrição que você fez...

Jef sacudia a cabeça, recusando-se a falar.

– Naquela noite, eles estavam no Port des Célestins. Senhor Guillot, quer nos dizer o que fazia lá?

– Tínhamos descido a rampa com o carro...

– A que distância essa rampa fica da ponte?

– Mais de cem metros.

– O senhor parou o carro bem embaixo da rampa?

– Sim.

– E depois?

– Fomos pegar o cachorro na mala do carro.

– Era pesado?

– Nestor pesava mais do que eu... Setenta e dois quilos há dois meses, a última vez que o pesamos no açougue...

– Havia uma barcaça na beira do cais?

– Havia.

– Vocês dois foram para a Pont Marie com o cachorro?

Hardoin abriu a boca para protestar, mas felizmente seu amigo interveio.

– Por que iríamos até a Pont Marie?

– Porque este senhor aqui presente acha que sim.

– Ele nos viu ir até a Pont Marie?

– Não exatamente. Viu vocês voltando.

Os dois se entreolharam.

– Ele não pode ter nos visto andando ao longo da barcaça porque jogamos o cachorro na água atrás dela... Tive até medo de que ele ficasse preso embaixo do leme... Esperei um momento para ter certeza de que a corrente levaria o saco para longe...

– Está ouvindo, Jef?

Sem se perturbar, o flamengo retrucou:

– É a história dele, não é? O senhor também contou a sua. Pode ser até que haja outras por aí. A culpa não é minha...

– Que horas eram, senhor Guillot?

Mas Hardoin não se conformava com um papel silencioso:

– On... on... onze e..e...

– Onze e meia – interrompeu seu amigo. – A prova é que estávamos no café da Rue de Turenne vinte para a meia-noite...

– Seu carro é vermelho?

– É um 403 vermelho, sim...

– Tem uma placa com dois 9?

– 7949 LF 75... Se o senhor quiser ver a licença...

– Quer ir até o pátio para reconhecer o carro, senhor Van Houtte?

– Não quero coisa nenhuma, só voltar para onde está minha mulher...

– Como explica essas contradições?

– O senhor é que trate de explicar... Não é o meu trabalho.

– Sabe o erro que cometeu?

– Sei. Tirar aquele homem da água...

– A princípio, sim... Mas o senhor não fez isso de propósito.

– Como não fiz de propósito? Por acaso eu estava sonâmbulo quando desamarrei o barco e tentei puxar o homem com o gancho?

– O senhor esquece que os gritos do mendigo haviam sido ouvidos por outra pessoa... Willems não tinha gritado, provavelmente pela congestão devido ao contato com a água fria...

"Com Toubib, o senhor tomou a precaução de atacá-lo primeiro... Imaginou que ele estava morto ou quase. E que de qualquer modo ele seria incapaz de escapar da corrente e do turbilhão da água.

"Então, ficou desagradavelmente surpreso quando ouviu seus gritos de socorro... E o teria deixado gritando até o final da bebedeira se não tivesse ouvido outra voz, a do barqueiro do *Poitou*... Ele viu o senhor em pé no convés de seu barco...

"Então, o senhor achou melhor bancar o salvador..."

Jef limitou-se a sacudir os ombros.

– Quando eu disse há um momento que o senhor tinha cometido um erro, não estava me referindo a isso... Estava pensando na sua história... Pois o senhor achou melhor contar uma história a fim de desviar toda a suspeita... E poliu demais essa história...

Impressionados, o agente de seguros e seu amigo olhavam ora para o comissário, ora para o barqueiro, compreendendo afinal que a cabeça de um homem estava em jogo.

– Às onze e meia, o senhor não estava trabalhando em seu motor, como disse, mas num lugar de onde podia ver o cais: na cabine ou em algum lugar do convés do seu barco... Do contrário, não teria notado o carro vermelho.

"O senhor viu o cachorro ser jogado na água... Isso voltou à sua mente quando lhe perguntaram o que tinha acontecido.

"Então concluiu que não encontrariam o carro e falou dos dois homens saindo de baixo da Pont Marie..."

– Por mim, pode dizer o que quiser. Eles contam o que têm vontade. O senhor conta o que tem vontade...

Maigret foi até a porta mais uma vez.

– Entre, senhor Goulet...

Lapointe fora buscar o barqueiro do *Poitou*, que continuava a descarregar areia no Port des Célestins.

– Que horas eram quando o senhor ouviu os gritos no Sena?

– Por volta de meia-noite.

– Não pode ser mais preciso?

– Não.

– Eram mais de onze e meia?

– Certamente. Quando tudo terminou, quer dizer, quando o corpo foi içado para a margem e o policial chegou, era meia-noite e meia... Acho que o policial anotou a hora no caderninho... Bem, não tinha passado mais que meia hora entre o momento em que...

– O que diz disso, Van Houtte?

– Eu? Não digo nada. Ele conta a história dele...

– E o policial?

– O policial também conta a história dele...

Às dez horas da noite, as três testemunhas tinham ido embora. Da Brasserie Dauphine chegara um novo prato de sanduíches e cerveja. Maigret foi até a sala vizinha para dizer a Lapointe:

– Agora é com você...

– O que eu pergunto a ele?

– Qualquer coisa.

Era a rotina. Às vezes, três ou quatro se revezavam no decorrer de uma noite, tornando a fazer mais ou menos as mesmas perguntas de modo diferente, esgotando aos poucos a resistência do suspeito.

– Alô! Quero falar com minha mulher, por favor...

A sra. Maigret não estava deitada.

– É melhor não me esperar.

– Você parece cansado... Está difícil?

Ela sentia o desânimo na voz dele.

– Ele vai negar até o final, sem facilitar coisa alguma. É o imbecil mais teimoso do mundo.

– E Toubib?

– Vou saber notícias dele.

De fato, Maigret ligou em seguida para o plantão noturno da Cirurgia.

– Ele está dormindo.. Não, não sente dor... O professor passou aqui depois do jantar para vê-lo e disse que ele está fora de perigo...

– O paciente falou?

– Antes de dormir, pediu alguma coisa para beber...

– Não disse mais nada?

– Não. Tomou o sedativo e fechou os olhos.

Maigret andou pelo corredor de seu andar durante meia hora. Agora era a vez de Lapointe tentar a sorte, e o comissário ouvia como um murmúrio a voz do auxiliar por trás da porta. Depois entrou outra vez em sua sala e se deparou com Van Houtte finalmente sentado numa cadeira, as grandes mãos cruzadas sobre os joelhos.

A expressão do inspetor dizia claramente que não conseguira resultado algum. O barqueiro, por sua vez, tinha um ar de zombaria.

– Isso vai continuar por muito tempo? – perguntou quando viu Maigret retomar o seu lugar. – Não esqueça que o senhor prometeu mandar chamar o cônsul. Vou contar a ele tudo que o senhor me fez passar e isso vai para os jornais belgas...

– Escute, Van Houtte...

– Estou escutando há horas e horas, e o senhor repete o tempo inteiro a mesma coisa...

Apontou para Lapointe:

– Esse aí também... O senhor tem outros, atrás da porta, que vão me fazer perguntas?

– Talvez.

– Vou responder as mesmas coisas.

– Você caiu em contradição várias vezes...

– E daí se caí em contradição? O senhor não cairia, no meu lugar?

– Você ouviu as testemunhas...

– As testemunhas dizem uma coisa... eu digo outra... Não significa que o mentiroso seja eu... Trabalhei a minha vida inteira... Pergunte a qualquer barqueiro o que pensa de Jef Van Houtte... Nenhum deles vai falar mal de mim...

Maigret retomava do começo, decidido a tentar até o final. Lembrava-se de um caso em que o homem diante dele, tão duro quanto o flamengo, cedera de repente depois de dezesseis horas, quando o comissário ia abandonar o interrogatório.

Foi uma de suas noites mais exaustivas. Por duas vezes deslocou-se para a sala vizinha, enquanto Lapointe tomava o seu lugar. No final, não havia mais sanduíches nem cerveja, e eles tinham a impressão de serem três fantasmas nos recantos desertos da P.J., onde as faxineiras varriam os corredores.

– É impossível que você tenha visto os dois homens passando pela barcaça a pé...

– A diferença entre nós é que eu estava lá e o senhor não estava...

– Você ouviu o que eles disseram...

– Todo mundo diz...

– Note bem, eu não estou acusando você de premeditação...

– O que é isso?

– Não acho que você sabia de antemão que ia matar...

– Quem? Willems ou o sujeito que eu tirei da água? Porque naquela hora tinha dois, não é? E amanhã é possível que tenha três, ou quatro, ou cinco... Para o senhor, não é difícil acrescentar...

Às três horas da manhã, exausto, Maigret resolveu encerrar. Pela primeira vez, era ele quem se sentia desmoralizado, e não seu interlocutor.

– Por hoje chega... – resmungou levantando-se.

– Posso voltar para minha mulher?

– Ainda não...

– Vai me mandar dormir na prisão?

– Vai dormir aqui, numa sala onde há uma cama de armar...

Enquanto Lapointe levava Van Houtte, Maigret saia da P.J. e andava com as mãos nos bolsos pelas ruas desertas. Só conseguiu um táxi no Châtelet.

Entrou sem ruído no quarto. A sra. Maigret mexeu-se na cama e balbuciou com voz sonolenta:

– É você?

Como se pudesse ser outra pessoa!

– Que horas são?

– Quatro.

– Ele confessou?

– Não...

– Acha que é ele?

– Estou moralmente certo que sim...

– Teve de soltá-lo?

– Ainda não.

– Quer que eu prepare alguma coisa?

Maigret não tinha fome, mas serviu-se de uma bebida antes de dormir. O que não o impediu de levar uma boa meia hora para adormecer.

Não esqueceria o barqueiro belga por um longo tempo.

CAPÍTULO VIII

Foi Torrence quem os acompanhou naquela manhã, pois Lapointe tinha passado o resto da noite no Quai des Orfèvres. Antes, Maigret conversara por muito tempo ao telefone com o professor Magnin.

– Tenho certeza de que, desde ontem à noite, Keller recuperou totalmente a consciência – afirmou o professor. – Só lhe peço para não cansá-lo. Não esqueça que ele sofreu um forte traumatismo e que levará semanas para se restabelecer completamente.

Van Houtte caminhava entre o comissário e Torrence pelo cais ensolarado. Quem os visse poderia pensar que passeavam saboreando uma bela manhã de primavera. Como não se barbeara por falta de navalha, o flamengo tinha o rosto coberto de pelos louros que brilhavam ao sol.

Haviam parado num bar diante do Palácio da Justiça para um café com croissants. Na maior calma do mundo, Van Houtte comera sete croissants.

Ele provavelmente imaginava que o levavam à Pont Marie para uma reconstituição. Ficou surpreso quando o fizeram entrar no pátio cinzento do Hôtel-Dieu e depois percorrer os corredores do hospital.

Contudo, apesar das sobrancelhas franzidas, não parecia preocupado.

– Pode-se entrar? – perguntou Maigret à enfermeira-chefe.

Esta examinou com curiosidade seu companheiro e encolheu os ombros. Tudo aquilo era demais para ela. Desistira de compreender.

Para o comissário, era a última chance. Foi o primeiro a entrar na sala onde os doentes o seguiam com os olhos, como na véspera. Atrás dele vinha Jef, escondido parcialmente pelo corpo de Maigret; Torrence fechava a fila.

Toubib o olhou se aproximar sem curiosidade aparente. Deparar-se com o barqueiro tampouco produziu alguma mudança em sua atitude.

Quanto a Jef, continuava tão imperturbável quanto durante a noite. Com os braços balançando e o rosto indiferente, observava o espetáculo de uma enfermaria de hospital, pouco comum para ele.

O choque esperado não ocorreu.

– Aproxime-se, Jef...

– O que tenho de fazer ainda?

– Venha cá...

– Bem.. E depois?

– Você o reconhece?

– Acho que é aquele que estava na água, não é? Só que antes ele tinha barba.

– Mesmo assim está reconhecendo-o?

– Acho que sim.

– E o senhor, dr. Keller, reconhece-o? – perguntou Maigret, quase prendendo a respiração, os olhos fixos no mendigo que o olhava. Lentamente, Keller decidiu virar-se para o barqueiro.

– O senhor o reconhece?

Estaria Keller hesitando? O comissário apostava que sim. Houve um longo momento de espera até o médico de Mulhouse olhar de novo para Maigret sem manifestar emoção.

– O senhor o reconhece?

O comissário conteve-se, de repente quase furioso com aquele homem que tinha resolvido não dizer nada. A prova é que havia no rosto do mendigo a sombra de um sorriso e uma certa malícia no olhar.

Seus lábios se entreabriram e ele balbuciou:

– Não.

– É um dos barqueiros que tiraram o senhor do Sena...

– Obrigado – disse ele com uma voz apenas perceptível.

– Foi ele também, tenho quase certeza, que lhe deu uma pancada na cabeça antes de jogá-lo na água...

Silêncio. Toubib continuava imóvel. Somente os seus olhos tinham vida.

– O senhor continua sem reconhecê-lo?

O mais impressionante é que isso se passava em voz baixa, com duas fileiras de doentes deitados que os espiavam e prestavam atenção a eles.

– Não quer falar?

Keller continuava imóvel.

– No entanto, o senhor sabe por que ele o atacou...

O olhar tornou-se mais curioso. O mendigo parecia surpreso que Maigret também soubesse disso.

– Foi há dois anos atrás, quando o senhor ainda dormia debaixo da Pont de Bercy... Numa noite... Está me entendendo?

O ex-médico fez um sinal dizendo que entendia.

– Numa noite de dezembro, o senhor assistiu a uma cena que teve a participação deste homem...

Keller parecia perguntar-se de novo que decisão tomar.

– Outro homem, o patrão da barcaça perto da qual o senhor estava deitado, foi empurrado no rio... Esse não escapou...

O silêncio continuava. Finalmente, uma indiferença total cobriu o rosto do paciente.

– Encontrando o senhor de novo na segunda-feira, no Quai des Célestins, o assassino teve medo de que o senhor falasse...

A cabeça moveu-se ligeiramente, com esforço, apenas o suficiente para que Keller pudesse ver Jef Van Houtte. No olhar do paciente não havia nenhum ódio, nenhum rancor; só se podia ver nele uma certa curiosidade.

Maigret compreendeu que ele não tiraria mais nada do mendigo. Quando a enfermeira-chefe veio lhe dizer que já tinham ficado tempo demais com o paciente, ele não insistiu.

No corredor, o barqueiro levantou a cabeça.

– O senhor avançou bastante, não é?

Tinha razão. Fora Van Houtte quem ganhara a partida.

– Eu também posso inventar histórias... – disse o barqueiro, triunfante.

E Maigret não pôde deixar de resmungar entre os dentes:

– Uma ova!

*

Enquanto Jef esperava, acompanhado por Torrence no Quai des Orfèvres, Maigret passou quase duas horas no gabinete de juiz Dantziger. Este telefonara ao adjunto Parrain pedindo que se juntasse a eles, e o comissário contou sua história aos dois homens do começo ao fim nos mínimos detalhes.

O juiz tomava notas com um lápis.

– Em resumo, não temos uma única prova contra ele... – disse quando o relato terminou.

– É verdade, nenhuma...

– À exceção das horas que não estão de acordo... Qualquer bom advogado reduzirá esse argumento a zero.

– Eu sei...

– O senhor ainda tem esperança de obter uma confissão?

– Nenhuma – admitiu o comissário.

– O mendigo continuará calado?

– Tenho certeza disso.

– Para o senhor, qual é o motivo da atitude dele?

Isso era mais difícil de explicar, sobretudo a pessoas que jamais haviam conhecido o pequeno mundo que dormia sob as pontes.

– Sim, qual é o motivo? – interveio o adjunto. – Afinal, ele quase morreu por isso. Ele devia, no meu ponto de vista...

No ponto de vista do adjunto, sem dúvida. Um adjunto que vivia em seu apartamento de Passy com uma mulher e filhos, organizava partidas de bridge semanais, preocupava-se com sua carreira e com a escala de promoções.

Não do ponto de vista do mendigo.

– Afinal de contas, há uma justiça...

Ah, sim! Mas os que não temiam dormir debaixo de uma ponte, em pleno inverno, enrolados em jornais velhos para se manterem quentes, não davam a mínima para aquela justiça.

– O senhor entende esse homem?

Maigret hesitava em responder afirmativamente, pois sem dúvida seria olhado de modo enviesado.

– Vejam, ele não acredita que um processo no tribunal criminal, um requisitório, discursos de defesa, a decisão dos jurados e a prisão sejam coisas tão importantes assim...

O que teriam dito aqueles dois do episódio da bola de gude colocada na mão do ferido? E se Maigret tivesse lhes contado que o ex-médico Keller, cuja mulher morava na Île Saint-Louis e cuja filha casara com um grande fabricante de produtos farmacêuticos, tinha bolas de gude nos bolsos como um moleque de dez anos?

– Ele continua pedindo o cônsul?

A questão era novamente Jef.

E o juiz, depois de uma olhadela para o adjunto, murmurou com hesitação:

– No estado atual da investigação, acho que não posso assinar um mandado de prisão contra ele... Segundo o que o senhor me diz, não vai adiantar nada que eu o interrogue...

De fato, o que Maigret não pudera obter não seria o magistrado a conseguir.

– E então?

Então, como Maigret sabia desde que chegara, a partida estava perdida. Restava apenas soltar Van Houtte, que talvez fosse exigir desculpas.

– Perdão, Maigret... Mas no ponto em que as coisas estão...

– Eu sei...

Aquele sempre fora um momento desagradável. Não era a primeira vez que acontecia – e sempre com imbecis!

– Vou pedir licença aos senhores... – murmurou o comissário ao deixá-los.

Pouco depois, em sua sala, ele repetiu.

– Peço desculpas, senhor Van Houtte... Quer dizer, eu me desculpo apenas formalmente, pois a minha opinião não mudou. Continuo convencido de que o senhor matou seu patrão, Louis Willems, e de que fez tudo para se livrar do mendigo, que era uma testemunha constrangedora...

"Dito isso, nada o impede de voltar para sua barca, mulher e filha...

"Adeus, senhor Van Houtte..."

O fato é que o barqueiro não protestou. Contentou-se em encarar o comissário com uma certa surpresa e, na soleira da porta, estendeu a mão no final do comprido braço, resmungando:

– Todo mundo se engana, não é?

Maigret evitou enxergar aquela mão e, cinco minutos depois, mergulhava ferozmente nas questões presentes.

Nas semanas seguintes, foram realizadas verificações difíceis, tanto nas bandas de Bercy quanto nas bandas da Pont Marie. Interrogaram inúmeras pessoas, e a polícia belga enviou relatórios que se juntaram a outros relatórios. Tudo em vão.

Durante três meses, o comissário foi visto com frequência no Port des Célestins, cachimbo entre os dentes, mãos nos bolsos, como se estivesse passeando. Toubib acabou deixando o hospital. Retomara seu canto sob a ponte e recebera seus pertences de volta.

Às vezes, Maigret parava perto dele, como por acaso. Suas conversas eram breves.

– Tudo bem?

– Tudo bem.

– O ferimento não o incomoda mais?

– Uma certa vertigem, de vez em quando...

Ainda que evitassem falar do caso, Keller sabia muito bem o que Maigret buscava ali e Maigret sabia que o outro sabia. Aquilo se tornara uma espécie de jogo entre os dois.

Um joguinho que durou até o auge do verão quando, certa manhã, o comissário parou diante do mendigo que comia um naco de pão e bebia vinho.

– Tudo bem?

– Tudo bem.

Teria François Keller decidido que seu interlocutor já esperara tempo suficiente? O antigo médico fitou uma barcaça atracada, um barco belga que não era o *Zwarte Zwaan*, mas que parecia com ele.

– Esse pessoal tem uma boa vida – observou Keller.

E, apontando as duas crianças louras que brincavam no convés, acrescentou:

– Sobretudo eles...

Maigret olhou-o nos olhos, gravemente, pressentindo que algo ia acontecer.

– A vida não é fácil para ninguém... – retomou o mendigo.

– A morte também não...

– O impossível é julgar.

Eles se compreenderam.

– Obrigado... – murmurou o comissário, que agora finalmente sabia.

– De nada... Eu não disse nada...

E Toubib acrescentou, como o flamengo:

– Não é?

De fato, ele nada dissera. Recusava-se a julgar. Não testemunharia.

Entretanto, Maigret comentou com sua mulher, por acaso, no meio do almoço:

– Lembra da barcaça e do mendigo?

– Lembro. Alguma novidade?

– Eu não me enganei.

– Você o prendeu?

Ele sacudiu a cabeça.

– Não. Se Van Houtte não cometer uma imprudência, o que me espantaria vindo dele, não vão prendê-lo nunca.

– Toubib falou?

– De certo modo, sim.

Mais com os olhos do que com as palavras: os dois haviam se entendido. E Maigret sorria ao lembrar dessa espécie de cumplicidade que se estabelecera naquele instante sob a Pont Marie.

Noland (Vaud), 2 de maio de 1962

Coleção **L&PM** POCKET (LANÇAMENTOS MAIS RECENTES)

157.**Textos anarquistas** – Bakunin
159.**Amor de salvação** – Camilo Castelo Branco
160.**O gaúcho** – José de Alencar
161.**O livro das maravilhas** – Marco Polo
162.**Inocência** – Visconde de Taunay
163.**Helena** – Machado de Assis
164.**Uma estação de amor** – Horácio Quiroga
165.**Poesia reunida** – Martha Medeiros
166.**Memórias de Sherlock Holmes** – Conan Doyle
167.**A vida de Mozart** – Stendhal
168.**O primeiro terço** – Neal Cassady
169.**O mandarim** – Eça de Queiroz
170.**Um espinho de marfim** – Marina Colasanti
171.**A ilustre Casa de Ramires** – Eça de Queiroz
172.**Lucíola** – José de Alencar
173.**Antígona** – Sófocles – trad. Donaldo Schüler
174.**Otelo** – William Shakespeare
175.**Antologia** – Gregório de Matos
176.**A liberdade de imprensa** – Karl Marx
177.**Casa de pensão** – Aluísio Azevedo
178.**São Manuel Bueno, Mártir** – Unamuno
179.**Primaveras** – Casimiro de Abreu
180.**O noviço** – Martins Pena
181.**O sertanejo** – José de Alencar
182.**Eurico, o presbítero** – Alexandre Herculano
183.**O signo dos quatro** – Conan Doyle
184.**Sete anos no Tibet** – Heinrich Harrer
185.**Vagamundo** – Eduardo Galeano
186.**De repente acidentes** – Carl Solomon
187.**As minas de Salomão** – Rider Haggar
188.**Uivo** – Allen Ginsberg
189.**A ciclista solitária** – Conan Doyle
190.**Os seis bustos de Napoleão** – Conan Doyle
191.**Cortejo do divino** – Nelida Piñon
194.**Os crimes do amor** – Marquês de Sade
195.**Besame Mucho** – Mário Prata
196.**Tuareg** – Alberto Vázquez-Figueroa
197.**O longo adeus** – Raymond Chandler
199.**Notas de um velho safado** – C. Bukowski
200.**111 ais** – Dalton Trevisan
201.**O nariz** – Nicolai Gogol
202.**O capote** – Nicolai Gogol
203.**Macbeth** – William Shakespeare
204.**Heráclito** – Donaldo Schüler
205.**Você deve desistir, Osvaldo** – Cyro Martins
206.**Memórias de Garibaldi** – A. Dumas
207.**A arte da guerra** – Sun Tzu
208.**Fragmentos** – Caio Fernando Abreu
209.**Festa no castelo** – Moacyr Scliar
210.**O grande deflorador** – Dalton Trevisan
212.**Homem do princípio ao fim** – Millôr Fernandes
213.**Aline e seus dois namorados** – A. Iturrusgarai
214.**A juba do leão** – Sir Arthur Conan Doyle
215.**Assassino metido a esperto** – R. Chandler
216.**Confissões de um comedor de ópio** – T.De Quincey
217.**Os sofrimentos do jovem Werther** – Goethe
218.**Fedra** – Racine / Trad. Millôr Fernandes
219.**O vampiro de Sussex** – Conan Doyle
220.**Sonho de uma noite de verão** – Shakespeare
221.**Dias e noites de amor e de guerra** – Galeano
222.**O Profeta** – Khalil Gibran
223.**Flávia, cabeça, tronco e membros** – M. Fernandes
224.**Guia da ópera** – Jeanne Suhamy
225.**Macário** – Álvares de Azevedo
226.**Etiqueta na prática** – Celia Ribeiro
227.**Manifesto do partido comunista** – Marx & Engels
228.**Poemas** – Millôr Fernandes
229.**Um inimigo do povo** – Henrik Ibsen
230.**O paraíso destruído** – Frei B. de las Casas
231.**O gato no escuro** – Josué Guimarães
232.**O mágico de Oz** – L. Frank Baum
233.**Armas no Cyrano's** – Raymond Chandler
234.**Max e os felinos** – Moacyr Scliar
235.**Nos céus de Paris** – Alcy Cheuiche
236.**Os bandoleiros** – Schiller
237.**A primeira coisa que eu botei na boca** – Deonísio da Silva
238.**As aventuras de Simbad, o marújo**
239.**O retrato de Dorian Gray** – Oscar Wilde
240.**A carteira de meu tio** – J. Manuel de Macedo
241.**A luneta mágica** – J. Manuel de Macedo
242.**A metamorfose** – Kafka
243.**A flecha de ouro** – Joseph Conrad
244.**A ilha do tesouro** – R. L. Stevenson
245.**Marx - Vida & Obra** – José A. Giannotti
246.**Gênesis**
247.**Unidos para sempre** – Ruth Rendell
248.**A arte de amar** – Ovídio
249.**O sono eterno** – Raymond Chandler
250.**Novas receitas do Anonymus Gourmet** – J A.P.M.
251.**A nova catacumba** – Arthur Conan Doyle
252.**Dr. Negro** – Arthur Conan Doyle
253.**Os voluntários** – Moacyr Scliar
254.**A bela adormecida** – Irmãos Grimm
255.**O príncipe sapo** – Irmãos Grimm
256.**Confissões** *e* **Memórias** – H. Heine
257.**Viva o Alegrete** – Sergio Faraco
258.**Vou estar esperando** – R. Chandler
259.**A senhora Beate e seu filho** – Schnitzler
260.**O ovo apunhalado** – Caio Fernando Abreu
261.**O ciclo das águas** – Moacyr Scliar
262.**Millôr Definitivo** – Millôr Fernandes
264.**Viagem ao centro da Terra** – Júlio Verne
265.**A dama do lago** – Raymond Chandler
266.**Caninos brancos** – Jack London
267.**O médico e o monstro** – R. L. Stevenson
268.**A tempestade** – William Shakespeare
269.**Assassinatos na rua Morgue** – E. Allan Poe
270.**99 corruíras nanicas** – Dalton Trevisan
271.**Broquéis** – Cruz e Sousa
272.**Mês de cães danados** – Moacyr Scliar
273.**Anarquistas – vol. 1 – A idéia** – G. Woodcock
274.**Anarquistas – vol. 2 – O movimento** – G. Woodcock
275.**Pai e filho, filho e pai** – Moacyr Scliar
276.**As aventuras de Tom Sawyer** – Mark Twain
277.**Muito barulho por nada** – W. Shakespeare
278.**Elogio da loucura** – Erasmo
279.**Autobiografia de Alice B. Toklas** – G. Stein
280.**O chamado da floresta** – J. London
281.**Uma agulha para o diabo** – Ruth Rendell

282.**Verdes vales do fim do mundo** – A. Bivar
283.**Ovelhas negras** – Caio Fernando Abreu
284.**O fantasma de Canterville** – O. Wilde
285.**Receitas de Yayá Ribeiro** – Celia Ribeiro
286.**A galinha degolada** – H. Quiroga
287.**O último adeus de Sherlock Holmes** – A. Conan Doyle
288.**A. Gourmet *em* Histórias de cama & mesa** – J. A. Pinheiro Machado
289.**Topless** – Martha Medeiros
290.**Mais receitas do Anonymus Gourmet** – J. A. Pinheiro Machado
291.**Origens do discurso democrático** – D. Schüler
292.**Humor politicamente incorreto** – Nani
293.**O teatro do bem e do mal** – E. Galeano
294.**Garibaldi & Manoela** – J. Guimarães
295.**10 dias que abalaram o mundo** – John Reed
296.**Numa fria** – Charles Bukowski
297.**Poesia de Florbela Espanca** vol. 1
298.**Poesia de Florbela Espanca** vol. 2
299.**Escreva certo** – E. Oliveira e M. E. Bernd
300.**O vermelho e o negro** – Stendhal
301.**Ecce homo** – Friedrich Nietzsche
302(7).**Comer bem, sem culpa** – Dr. Fernando Lucchese, A. Gourmet e Iotti
303.**O livro de Cesário Verde** – Cesário Verde
305.**100 receitas de macarrão** – S. Lancellotti
306.**160 receitas de molhos** – S. Lancellotti
307.**100 receitas light** – H. e Â. Tonetto
308.**100 receitas de sobremesas** – Celia Ribeiro
309.**Mais de 100 dicas de churrasco** – Leon Diziekaniak
310.**100 receitas de acompanhamentos** – C. Cabeda
311.**Honra ou vendetta** – S. Lancellotti
312.**A alma do homem sob o socialismo** – Oscar Wilde
313.**Tudo sobre Yôga** – Mestre De Rose
314.**Os varões assinalados** – Tabajara Ruas
315.**Édipo em Colono** – Sófocles
316.**Lisístrata** – Aristófanes / trad. Millôr
317.**Sonhos de Bunker Hill** – John Fante
318.**Os deuses de Raquel** – Moacyr Scliar
319.**O colosso de Marússia** – Henry Miller
320.**As eruditas** – Molière / trad. Millôr
321.**Radicci 1** – Iotti
322.**Os Sete contra Tebas** – Ésquilo
323.**Brasil Terra à vista** – Eduardo Bueno
324.**Radicci 2** – Iotti
325.**Júlio César** – William Shakespeare
326.**A carta de Pero Vaz de Caminha**
327.**Cozinha Clássica** – Sílvio Lancellotti
328.**Madame Bovary** – Gustave Flaubert
329.**Dicionário do viajante insólito** – M. Scliar
330.**O capitão saiu para o almoço...** – Bukowski
331.**A carta roubada** – Edgar Allan Poe
332.**É tarde para saber** – Josué Guimarães
333.**O livro de bolso da Astrologia** – Maggy Harrisonx e Mellina Li
334.**1933 foi um ano ruim** – John Fante
335.**100 receitas de arroz** – Aninha Comas
336.**Guia prático do Português correto – vol. 1** – Cláudio Moreno
337.**Bartleby, o escriturário** – H. Melville
338.**Enterrem meu coração na curva do rio** – Dee Brown
339.**Um conto de Natal** – Charles Dickens
340.**Cozinha sem segredos** – J. A. P. Machado
341.**A dama das Camélias** – A. Dumas Filho
342.**Alimentação saudável** – H. e Â. Tonetto
343.**Continhos galantes** – Dalton Trevisan
344.**A Divina Comédia** – Dante Alighieri
345.**A Dupla Sertanojo** – Santiago
346.**Cavalos do amanhecer** – Mario Arregui
347.**Biografia de Vincent van Gogh por sua cunhada** – Jo van Gogh-Bonger
348.**Radicci 3** – Iotti
349.**Nada de novo no front** – E. M. Remarque
350.**A hora dos assassinos** – Henry Miller
351.**Flush - Memórias de um cão** – Virginia Woolf
352.**A guerra no Bom Fim** – M. Scliar
353(1).**O caso Saint-Fiacre** – Simenon
354(2).**Morte na alta sociedade** – Simenon
355(3).**O cão amarelo** – Simenon
356(4).**Maigret e o homem do banco** – Simenon
357.**As uvas e o vento** – Pablo Neruda
358.**On the road** – Jack Kerouac
359.**O coração amarelo** – Pablo Neruda
360.**Livro das perguntas** – Pablo Neruda
361.**Noite de Reis** – William Shakespeare
362.**Manual de Ecologia** – vol.1 – J. Lutzenberger
363.**O mais longo dos dias** – Cornelius Ryan
364.**Foi bom prá você?** – Nani
365.**Crepusculário** – Pablo Neruda
366.**A comédia dos erros** – Shakespeare
367(5).**A primeira investigação de Maigret** – Simenon
368(6).**As férias de Maigret** – Simenon
369.**Mate-me por favor (vol.1)** – L. McNeil
370.**Mate-me por favor (vol.2)** – L. McNeil
371.**Carta ao pai** – Kafka
372.**Os vagabundos iluminados** – J. Kerouac
373(7).**O enforcado** – Simenon
374(8).**A fúria de Maigret** – Simenon
375.**Vargas, uma biografia política** – H. Silva
376.**Poesia reunida (vol.1)** – A. R. de Sant'Anna
377.**Poesia reunida (vol.2)** – A. R. de Sant'Anna
378.**Alice no país do espelho** – Lewis Carroll
379.**Residência na Terra 1** – Pablo Neruda
380.**Residência na Terra 2** – Pablo Neruda
381.**Terceira Residência** – Pablo Neruda
382.**O delírio amoroso** – Bocage
383.**Futebol ao sol e à sombra** – E. Galeano
384(9).**O porto das brumas** – Simenon
385(10).**Maigret e seu morto** – Simenon
386.**Radicci 4** – Iotti
387.**Boas maneiras & sucesso nos negócios** – Celia Ribeiro
388.**Uma história Farroupilha** – M. Scliar
389.**Na mesa ninguém envelhece** – J. A. P. Machado
390.**200 receitas inéditas do Anonymus Gourmet** – J. A. Pinheiro Machado
391.**Guia prático do Português correto – vol.2** – Cláudio Moreno
392.**Breviário das terras do Brasil** – Assis Brasil
393.**Cantos Cerimoniais** – Pablo Neruda
394.**Jardim de Inverno** – Pablo Neruda
395.**Antonio e Cleópatra** – William Shakespeare
396.**Tróia** – Cláudio Moreno
397.**Meu tio matou um cara** – Jorge Furtado
398.**O anatomista** – Federico Andahazi

399.**As viagens de Gulliver** – Jonathan Swift
400.**Dom Quixote** – (v. 1) – Miguel de Cervantes
401.**Dom Quixote** – (v. 2) – Miguel de Cervantes
402.**Sozinho no Pólo Norte** – Thomaz Brandolin
403.**Matadouro 5** – Kurt Vonnegut
404.**Delta de Vênus** – Anaïs Nin
405.**O melhor de Hagar 2** – Dik Browne
406.**É grave Doutor?** – Nani
407.**Orai pornô** – Nani
408(11).**Maigret em Nova York** – Simenon
409(12).**O assassino sem rosto** – Simenon
410(13).**O mistério das jóias roubadas** – Simenon
411.**A irmãzinha** – Raymond Chandler
412.**Três contos** – Gustave Flaubert
413.**De ratos e homens** – John Steinbeck
414.**Lazarilho de Tormes** – Anônimo do séc. XVI
415.**Triângulo das águas** – Caio Fernando Abreu
416.**100 receitas de carnes** – Sílvio Lancellotti
417.**Histórias de robôs:** vol. 1 – org. Isaac Asimov
418.**Histórias de robôs:** vol. 2 – org. Isaac Asimov
419.**Histórias de robôs:** vol. 3 – org. Isaac Asimov
420.**O país dos centauros** – Tabajara Ruas
421.**A república de Anita** – Tabajara Ruas
422.**A carga dos lanceiros** – Tabajara Ruas
423.**Um amigo de Kafka** – Isaac Singer
424.**As alegres matronas de Windsor** – Shakespeare
425.**Amor e exílio** – Isaac Bashevis Singer
426.**Use & abuse do seu signo** – Marília Fiorillo e Marylou Simonsen
427.**Pigmaleão** – Bernard Shaw
428.**As fenícias** – Eurípides
429.**Everest** – Thomaz Brandolin
430.**A arte de furtar** – Anônimo do séc. XVI
431.**Billy Bud** – Herman Melville
432.**A rosa separada** – Pablo Neruda
433.**Elegia** – Pablo Neruda
434.**A garota de Cassidy** – David Goodis
435.**Como fazer a guerra: máximas de Napoleão** – Balzac
436.**Poemas escolhidos** – Emily Dickinson
437.**Gracias por el fuego** – Mario Benedetti
438.**O sofá** – Crébillon Fils
439.**O "Martín Fierro"** – Jorge Luis Borges
440.**Trabalhos de amor perdidos** – W. Shakespeare
441.**O melhor de Hagar 3** – Dik Browne
442.**Os Maias (volume1)** – Eça de Queiroz
443.**Os Maias (volume2)** – Eça de Queiroz
444.**Anti-Justine** – Restif de La Bretonne
445.**Juventude** – Joseph Conrad
446.**Contos** – Eça de Queiroz
447.**Janela para a morte** – Raymond Chandler
448.**Um amor de Swann** – Marcel Proust
449.**À paz perpétua** – Immanuel Kant
450.**A conquista do México** – Hernan Cortez
451.**Defeitos escolhidos e 2000** – Pablo Neruda
452.**O casamento do céu e do inferno** – William Blake
453.**A primeira viagem ao redor do mundo** – Antonio Pigafetta
454(14).**Uma sombra na janela** – Simenon
455(15).**A noite da encruzilhada** – Simenon
456(16).**A velha senhora** – Simenon
457.**Sartre** – Annie Cohen-Solal
458.**Discurso do método** – René Descartes
459.**Garfield em grande forma (1)** – Jim Davis
460.**Garfield está de dieta** (2) – Jim Davis
461.**O livro das feras** – Patricia Highsmith
462.**Viajante solitário** – Jack Kerouac
463.**Auto da barca do inferno** – Gil Vicente
464.**O livro vermelho dos pensamentos de Millôr** – Millôr Fernandes
465.**O livro dos abraços** – Eduardo Galeano
466.**Voltaremos!** – José Antonio Pinheiro Machado
467.**Rango** – Edgar Vasques
468(8).**Dieta mediterrânea** – Dr. Fernando Lucchese e José Antonio Pinheiro Machado
469.**Radicci 5** – Iotti
470.**Pequenos pássaros** – Anaïs Nin
471.**Guia prático do Português correto – vol.3** – Cláudio Moreno
472.**Atire no pianista** – David Goodis
473.**Antologia Poética** – García Lorca
474.**Alexandre e César** – Plutarco
475.**Uma espiã na casa do amor** – Anaïs Nin
476.**A gorda do Tiki Bar** – Dalton Trevisan
477.**Garfield um gato de peso (3)** – Jim Davis
478.**Canibais** – David Coimbra
479.**A arte de escrever** – Arthur Schopenhauer
480.**Pinóquio** – Carlo Collodi
481.**Misto-quente** – Charles Bukowski
482.**A lua na sarjeta** – David Goodis
483.**O melhor do Recruta Zero (1)** – Mort Walker
484.**Aline 2** – Adão Iturrusgarai
485.**Sermões do Padre Antonio Vieira**
486.**Garfield numa boa (4)** – Jim Davis
487.**Mensagem** – Fernando Pessoa
488.**Vendeta** *seguido de* **A paz conjugal** – Balzac
489.**Poemas de Alberto Caeiro** – Fernando Pessoa
490.**Ferragus** – Honoré de Balzac
491.**A duquesa de Langeais** – Honoré de Balzac
492.**A menina dos olhos de ouro** – Honoré de Balzac
493.**O lírio do vale** – Honoré de Balzac
494(17).**A barcaça da morte** – Simenon
495(18).**As testemunhas rebeldes** – Simenon
496(19).**Um engano de Maigret** – Simenon
497(1).**A noite das bruxas** – Agatha Christie
498(2).**Um passe de mágica** – Agatha Christie
499(3).**Nêmesis** – Agatha Christie
500.**Esboço para uma teoria das emoções** – Sartre
501.**Renda básica de cidadania** – Eduardo Suplicy
502(1).**Pílulas para viver melhor** – Dr. Lucchese
503(2).**Pílulas para prolongar a juventude** – Dr. Lucchese
504(3).**Desembarcando o diabetes** – Dr. Lucchese
505(4).**Desembarcando o sedentarismo** – Dr. Fernando Lucchese e Cláudio Castro
506(5).**Desembarcando a hipertensão** – Dr. Lucchese
507(6).**Desembarcando o colesterol** – Dr. Fernando Lucchese e Fernanda Lucchese
508.**Estudos de mulher** – Balzac
509.**O terceiro tira** – Flann O'Brien
510.**100 receitas de aves e ovos** – J. A. P. Machado
511.**Garfield em toneladas de diversão** (5) – Jim Davis
512.**Trem-bala** – Martha Medeiros
513.**Os cães ladram** – Truman Capote
514.**O Kama Sutra de Vatsyayana**
515.**O crime do Padre Amaro** – Eça de Queiroz
516.**Odes de Ricardo Reis** – Fernando Pessoa
517.**O inverno da nossa desesperança** – Steinbeck

518.**Piratas do Tietê (1)** – Laerte
519.**Rê Bordosa: do começo ao fim** – Angeli
520.**O Harlem é escuro** – Chester Himes
521.**Café-da-manhã dos campeões** – Kurt Vonnegut
522.**Eugénie Grandet** – Balzac
523.**O último magnata** – F. Scott Fitzgerald
524.**Carol** – Patricia Highsmith
525.**100 receitas de patisseria** – Sílvio Lancellotti
526.**O fator humano** – Graham Greene
527.**Tristessa** – Jack Kerouac
528.**O diamante do tamanho do Ritz** – S. Fitzgerald
529.**As melhores histórias de Sherlock Holmes** – Arthur Conan Doyle
530.**Cartas a um jovem poeta** – Rilke
531(20).**Memórias de Maigret** – Simenon
532(4).**O misterioso sr. Quin** – Agatha Christie
533.**Os analectos** – Confúcio
534(21).**Maigret e os homens de bem** – Simenon
535(22).**O medo de Maigret** – Simenon
536.**Ascensão e queda de César Birotteau** – Balzac
537.**Sexta-feira negra** – David Goodis
538.**Ora bolas – O humor de Mario Quintana** – Juarez Fonseca
539.**Longe daqui aqui mesmo** – Antonio Bivar
540(5).**É fácil matar** – Agatha Christie
541.**O pai Goriot** – Balzac
542.**Brasil, um país do futuro** – Stefan Zweig
543.**O processo** – Kafka
544.**O melhor de Hagar 4** – Dik Browne
545(6).**Por que não pediram a Evans?** – Agatha Christie
546.**Fanny Hill** – John Cleland
547.**O gato por dentro** – William S. Burroughs
548.**Sobre a brevidade da vida** – Sêneca
549.**Geraldão (1)** – Glauco
550.**Piratas do Tietê (2)** – Laerte
551.**Pagando o pato** – Ciça
552.**Garfield de bom humor (6)** – Jim Davis
553.**Conhece o Mário?** vol.1 – Santiago
554.**Radicci 6** – Iotti
555.**Os subterrâneos** – Jack Kerouac
556(1).**Balzac** – François Taillandier
557(2).**Modigliani** – Christian Parisot
558(3).**Kafka** – Gérard-Georges Lemaire
559(4).**Júlio César** – Joël Schmidt
560.**Receitas da família** – J. A. Pinheiro Machado
561.**Boas maneiras à mesa** – Celia Ribeiro
562(9).**Filhos sadios, pais felizes** – R. Pagnoncelli
563(10).**Fatos & mitos** – Dr. Fernando Lucchese
564.**Ménage à trois** – Paula Taitelbaum
565.**Mulheres!** – David Coimbra
566.**Poemas de Álvaro de Campos** – Fernando Pessoa
567.**Medo e outras histórias** – Stefan Zweig
568.**Snoopy e sua turma (1)** – Schulz
569.**Piadas para sempre (1)** – Visconde da Casa Verde
570.**O alvo móvel** – Ross Macdonald
571.**O melhor do Recruta Zero (2)** – Mort Walker
572.**Um sonho americano** – Norman Mailer
573.**Os broncos também amam** – Angeli
574.**Crônica de um amor louco** – Bukowski
575(5).**Freud** – René Major e Chantal Talagrand
576(6).**Picasso** – Gilles Plazy
577(7).**Gandhi** – Christine Jordis
578.**A tumba** – H. P. Lovecraft
579.**O príncipe e o mendigo** – Mark Twain
580.**Garfield, um charme de gato (7)** – Jim Davis
581.**Ilusões perdidas** – Balzac
582.**Esplendores e misérias das cortesãs** – Balzac
583.**Walter Ego** – Angeli
584.**Striptiras (1)** – Laerte
585.**Fagundes: um puxa-saco de mão cheia** – Laerte
586.**Depois do último trem** – Josué Guimarães
587.**Ricardo III** – Shakespeare
588.**Dona Anja** – Josué Guimarães
589.**24 horas na vida de uma mulher** – Stefan Zweig
590.**O terceiro homem** – Graham Greene
591.**Mulher no escuro** – Dashiell Hammett
592.**No que acredito** – Bertrand Russell
593.**Odisséia (1): Telemaquia** – Homero
594.**O cavalo cego** – Josué Guimarães
595.**Henrique V** – Shakespeare
596.**Fabulário geral do delírio cotidiano** – Bukowski
597.**Tiros na noite 1: A mulher do bandido** – Dashiell Hammett
598.**Snoopy em Feliz Dia dos Namorados! (2)** – Schulz
599.**Mas não se matam cavalos?** – Horace McCoy
600.**Crime e castigo** – Dostoiévski
601(7).**Mistério no Caribe** – Agatha Christie
602.**Odisséia (2): Regresso** – Homero
603.**Piadas para sempre (2)** – Visconde da Casa Verde
604.**À sombra do vulcão** – Malcolm Lowry
605(8).**Kerouac** – Yves Buin
606.**E agora são cinzas** – Angeli
607.**As mil e uma noites** – Paulo Caruso
608.**Um assassino entre nós** – Ruth Rendell
609.**Crack-up** – F. Scott Fitzgerald
610.**Do amor** – Stendhal
611.**Cartas do Yage** – William Burroughs e Allen Ginsberg
612.**Striptiras (2)** – Laerte
613.**Henry & June** – Anaïs Nin
614.**A piscina mortal** – Ross Macdonald
615.**Geraldão (2)** – Glauco
616.**Tempo de delicadeza** – A. R. de Sant'Anna
617.**Tiros na noite 2: Medo de tiro** – Dashiell Hammett
618.**Snoopy em Assim é a vida, Charlie Brown! (3)** – Schulz
619.**1954 – Um tiro no coração** – Hélio Silva
620.**Sobre a inspiração poética (Íon)** e ... – Platão
621.**Garfield e seus amigos (8)** – Jim Davis
622.**Odisséia (3): Ítaca** – Homero
623.**A louca matança** – Chester Himes
624.**Factótum** – Charles Bukowski
625.**Guerra e Paz: volume 1** – Tolstói
626.**Guerra e Paz: volume 2** – Tolstói
627.**Guerra e Paz: volume 3** – Tolstói
628.**Guerra e Paz: volume 4** – Tolstói
629(9).**Shakespeare** – Claude Mourthé
630.**Bem está o que bem acaba** – Shakespeare
631.**O contrato social** – Rousseau
632.**Geração Beat** – Jack Kerouac
633.**Snoopy: É Natal! (4)** – Charles Schulz
634(8).**Testemunha da acusação** – Agatha Christie
635.**Um elefante no caos** – Millôr Fernandes
636.**Guia de leitura (100 autores que você precisa ler)** – Organização de Léa Masina
637.**Pistoleiros também mandam flores** – David Coimbra

638.**O prazer das palavras** – vol. 1 – Cláudio Moreno
639.**O prazer das palavras** – vol. 2 – Cláudio Moreno
640.**Novíssimo testamento: com Deus e o diabo, a dupla da criação** – Iotti
641.**Literatura Brasileira: modos de usar** – Luís Augusto Fischer
642.**Dicionário de Porto-Alegrês** – Luís A. Fischer
643.**Clô Dias & Noites** – Sérgio Jockymann
644.**Memorial de Isla Negra** – Pablo Neruda
645.**Um homem extraordinário e outras histórias** – Tchékhov
646.**Ana sem terra** – Alcy Cheuiche
647.**Adultérios** – Woody Allen
648.**Para sempre ou nunca mais** – R. Chandler
649.**Nosso homem em Havana** – Graham Greene
650.**Dicionário Caldas Aulete de Bolso**
651.**Snoopy: Posso fazer uma pergunta, professora? (5)** – Charles Schulz
652(10).**Luís XVI** – Bernard Vincent
653.**O mercador de Veneza** – Shakespeare
654.**Cancioneiro** – Fernando Pessoa
655.**Non-Stop** – Martha Medeiros
656.**Carpinteiros, levantem bem alto a cumeeira & Seymour, uma apresentação** – J.D.Salinger
657.**Ensaios céticos** – Bertrand Russell
658.**O melhor de Hagar 5** – Dik Browne
659.**Primeiro amor** – Ivan Turguêniev
660.**A trégua** – Mario Benedetti
661.**Um parque de diversões da cabeça** – Lawrence Ferlinghetti
662.**Aprendendo a viver** – Sêneca
663.**Garfield, um gato em apuros (9)** – Jim Davis
664.**Dilbert 1** – Scott Adams
665.**Dicionário de dificuldades** – Domingos Paschoal Cegalla
666.**A imaginação** – Jean-Paul Sartre
667.**O ladrão e os cães** – Naguib Mahfuz
668.**Gramática do português contemporâneo** – Celso Cunha
669.**A volta do parafuso** *seguido de* **Daisy Miller** – Henry James
670.**Notas do subsolo** – Dostoiévski
671.**Abobrinhas da Brasilônia** – Glauco
672.**Geraldão (3)** – Glauco
673.**Piadas para sempre (3)** – Visconde da Casa Verde
674.**Duas viagens ao Brasil** – Hans Staden
675.**Bandeira de bolso** – Manuel Bandeira
676.**A arte da guerra** – Maquiavel
677.**Além do bem e do mal** – Nietzsche
678.**O coronel Chabert** *seguido de* **A mulher abandonada** – Balzac
679.**O sorriso de marfim** – Ross Macdonald
680.**100 receitas de pescados** – Sílvio Lancellotti
681.**O juiz e seu carrasco** – Friedrich Dürrenmatt
682.**Noites brancas** – Dostoiévski
683.**Quadras ao gosto popular** – Fernando Pessoa
684.**Romanceiro da Inconfidência** – Cecília Meireles
685.**Kaos** – Millôr Fernandes
686.**A pele de onagro** – Balzac
687.**As ligações perigosas** – Choderlos de Laclos
688.**Dicionário de matemática** – Luiz Fernandes Cardoso
689.**Os Lusíadas** – Luís Vaz de Camões
690(11).**Átila** – Éric Deschodt
691.**Um jeito tranqüilo de matar** – Chester Himes
692.**A felicidade conjugal** *seguido de* **O diabo** – Tolstói
693.**Viagem de um naturalista ao redor do mundo** – vol. 1 – Charles Darwin
694.**Viagem de um naturalista ao redor do mundo** – vol. 2 – Charles Darwin
695.**Memórias da casa dos mortos** – Dostoiévski
696.**A Celestina** – Fernando de Rojas
697.**Snoopy: Como você é azarado, Charlie Brown! (6)** – Charles Schulz
698.**Dez (quase) amores** – Claudia Tajes
699(9).**Poirot sempre espera** – Agatha Christie
700.**Cecília de bolso** – Cecília Meireles
701.**Apologia de Sócrates** *precedido de* **Êutifron** e *seguido de* **Críton** – Platão
702.**Wood & Stock** – Angeli
703.**Striptiras (3)** – Laerte
704.**Discurso sobre a origem e os fundamentos da desigualdade entre os homens** – Rousseau
705.**Os duelistas** – Joseph Conrad
706.**Dilbert (2)** – Scott Adams
707.**Viver e escrever** (vol. 1) – Edla van Steen
708.**Viver e escrever** (vol. 2) – Edla van Steen
709.**Viver e escrever** (vol. 3) – Edla van Steen
710(10).**A teia da aranha** – Agatha Christie
711.**O banquete** – Platão
712.**Os belos e malditos** – F. Scott Fitzgerald
713.**Libelo contra a arte moderna** – Salvador Dalí
714.**Akropolis** – Valerio Massimo Manfredi
715.**Devoradores de mortos** – Michael Crichton
716.**Sob o sol da Toscana** – Frances Mayes
717.**Batom na cueca** – Nani
718.**Vida dura** – Claudia Tajes
719.**Carne trêmula** – Ruth Rendell
720.**Cris, a fera** – David Coimbra
721.**O anticristo** – Nietzsche
722.**Como um romance** – Daniel Pennac
723.**Emboscada no Forte Bragg** – Tom Wolfe
724.**Assédio sexual** – Michael Crichton
725.**O espírito do Zen** – Alan W.Watts
726.**Um bonde chamado desejo** – Tennessee Williams
727.**Como gostais** *seguido de* **Conto de inverno** – Shakespeare
728.**Tratado sobre a tolerância** – Voltaire
729.**Snoopy: Doces ou travessuras? (7)** – Charles Schulz
730.**Cardápios do Anonymus Gourmet** – J.A. Pinheiro Machado
731.**100 receitas com lata** – J.A. Pinheiro Machado
732.**Conhece o Mário?** vol.2 – Santiago
733.**Dilbert (3)** – Scott Adams
734.**História de um louco amor** *seguido de* **Passado amor** – Horacio Quiroga
735(11).**Sexo: muito prazer** – Laura Meyer da Silva
736(12).**Para entender o adolescente** – Dr. Ronald Pagnoncelli
737(13).**Desembarcando a tristeza** – Dr. Fernando Lucchese
739.**A última legião** – Valerio Massimo Manfredi
740.**As virgens suicidas** – Jeffrey Eugenides
741.**Sol nascente** – Michael Crichton
742.**Duzentos ladrões** – Dalton Trevisan
743.**Os devaneios do caminhante solitário** – Rousseau

744.**Garfield, o rei da preguiça (10)** – Jim Davis
745.**Os magnatas** – Charles R. Morris
746.**Pulp** – Charles Bukowski
747.**Enquanto agonizo** – William Faulkner
748.**Aline: viciada em sexo (3)** – Adão Iturrusgarai
749.**A dama do cachorrinho** – Anton Tchékhov
750.**Tito Andrônico** – Shakespeare
751.**Antologia poética** – Anna Akhmátova
752.**O melhor de Hagar 6** – Dik e Chris Browne
753(12).**Michelangelo** – Nadine Sautel
754.**Dilbert (4)** – Scott Adams
755.**O jardim das cerejeiras** *seguido de* **Tio Vânia** – Tchékhov
756.**Geração Beat** – Claudio Willer
757.**Santos Dumont** – Alcy Cheuiche
758.**Budismo** – Claude B. Levenson
759.**Cleópatra** – Christian-Georges Schwentzel
760. **Revolução Francesa** – Frédéric Bluche, Stéphane Rials e Jean Tulard
761.**A crise de 1929** – Bernard Gazier
762.**Sigmund Freud** – Edson Sousa e Paulo Endo
763.**Império Romano** – Patrick Le Roux
764.**Cruzadas** – Cécile Morrisson
765.**O mistério do Trem Azul** – Agatha Christie
766.**Os escrúpulos de Maigret** – Simenon
767.**Maigret se diverte** – Simenon
768.**Senso comum** – Thomas Paine
769.**O parque dos dinossauros** – Michael Crichton
770.**Trilogia da paixão** – Goethe
771.**A simples arte de matar** (vol.1) – R. Chandler
772.**A simples arte de matar** (vol.2) – R. Chandler
773.**Snoopy: No mundo da lua! (8)** – Charles Schulz
774.**Os Quatro Grandes** – Agatha Christie
775.**Um brinde de cianureto** – Agatha Christie
776.**Súplicas atendidas** – Truman Capote
777.**Ainda restam aveleiras** – Simenon
778.**Maigret e o ladrão preguiçoso** – Simenon
779.**A viúva imortal** – Millôr Fernandes
780.**Cabala** – Roland Goetschel
781.**Capitalismo** – Claude Jessua
782.**Mitologia grega** – Pierre Grimal
783.**Economia: 100 palavras-chave** – Jean-Paul Betbèze
784.**Marxismo** – Henri Lefebvre
785.**Punição para a inocência** – Agatha Christie
786.**A extravagância do morto** – Agatha Christie
787(13).**Cézanne** – Bernard Fauconnier
788.**A identidade Bourne** – Robert Ludlum
789.**Da tranquilidade da alma** – Sêneca
790.**Um artista da fome** *seguido de* **Na colônia penal e outras histórias** – Kafka
791.**Histórias de fantasmas** – Charles Dickens
792.**A louca de Maigret** – Simenon
793.**O amigo de infância de Maigret** – Simenon
794.**O revólver de Maigret** – Simenon
795.**A fuga do sr. Monde** – Simenon
796.**O Uraguai** – Basílio da Gama
797.**A mão misteriosa** – Agatha Christie
798.**Testemunha ocular do crime** – Agatha Christie
799.**Crepúsculo dos ídolos** – Friedrich Nietzsche
800.**Maigret e o negociante de vinhos** – Simemon
801.**Maigret e o mendigo** – Simenon
802.**O grande golpe** – Dashiell Hammett
803.**Humor barra pesada** – Nani
804.**Vinho** – Jean-François Gautier
805.**Egito Antigo** – Sophie Desplancques
806(14).**Baudelaire** – Jean-Baptiste Baronian
807.**Caminho da sabedoria, caminho da paz** – Dalai Lama e Felizitas von Schönborn
808.**Senhor e servo e outras histórias** – Tolstói
809.**Os cadernos de Malte Laurids Brigge** – Rilke
810.**Dilbert (5)** – Scott Adams
811.**Big Sur** – Jack Kerouac
812.**Seguindo a correnteza** – Agatha Christie
813.**O álibi** – Sandra Brown
814.**Montanha-russa** – Martha Medeiros
815.**Coisas da vida** – Martha Medeiros
816.**A cantada infalível** *seguido de* **A mulher do centroavante** – David Coimbra
817.**Maigret e os crimes do cais** – Simenon
818.**Sinal vermelho** – Simenon
819.**Snoopy: Pausa para a soneca (9)** – Charles Schulz
820.**De pernas pro ar** – Eduardo Galeano
821.**Tragédias gregas** – Pascal Thiercy
822.**Existencialismo** – Jacques Colette
823.**Nietzsche** – Jean Granier
824.**Amar ou depender?** – Walter Riso
825.**Darmapada: A doutrina budista em versos**
826.**J'Accuse...! – a verdade em marcha** – Zola
827.**Os crimes ABC** – Agatha Christie
828.**Um gato entre os pombos** – Agatha Christie
829.**Maigret e o sumiço do sr. Charles** – Simenon
830.**Maigret e a morte do jogador** – Simenon
831.**Dicionário de teatro** – Luiz Paulo Vasconcellos
832.**Cartas extraviadas** – Martha Medeiros
833.**A longa viagem de prazer** – J. J. Morosoli
834.**Receitas fáceis** – J. A. Pinheiro Machado
835.**Mais fatos e mitos** – Dr. Fernando Lucchese
836.**Boa viagem!** – Dr. Fernando Lucchese
837.**Aline: Finalmente nua!!!** (4) – Adão Iturrusgarai
838.**Mônica tem uma novidade!** – Mauricio de Sousa
839.**Cebolinha em apuros!** – Mauricio de Sousa
840.**Sócios no crime** – Agatha Christie
841.**Bocas do tempo** – Eduardo Galeano
842.**Orgulho e preconceito** – Jane Austen
843.**Impressionismo** – Dominique Lobstein
844.**Escrita chinesa** – Viviane Alleton
845.**Paris: uma história** – Yvan Combeau
846(15).**Van Gogh** – David Haziot
847.**Maigret e o corpo sem cabeça** – Simenon
848.**Portal do destino** – Agatha Christie
849.**O futuro de uma ilusão** – Freud
850.**O mal-estar na cultura** – Freud
851.**Maigret e o matador** – Simenon
852.**Maigret e o fantasma** – Simenon
853.**Um crime adormecido** – Agatha Christie
854.**Satori em Paris** – Jack Kerouac
855.**Medo e delírio em Las Vegas** – Hunter Thompson
856.**Um negócio fracassado e outros contos de humor** – Tchékhov
857.**Mônica está de férias!** – Mauricio de Sousa
858.**De quem é esse coelho?** – Mauricio de Sousa
859.**O burgomestre de Furnes** – Simenon
860.**O mistério Sittaford** – Agatha Christie
861.**Manhã transfigurada** – Luiz Antonio de Assis Brasil
862.**Alexandre, o Grande** – Pierre Briant
863.**Jesus** – Charles Perrot
864.**Islã** – Paul Balta
865.**Guerra da Secessão** – Farid Ameur

#PCK04843

Maigret e o mendigo

IMPRESSÃO:

GRÁFICA EDITORA Pallotti IMAGEM DE QUALIDADE

Santa Maria - RS - Fone/Fax: (55) 3220.4500

www.pallotti.com.br